■ primeira edição
■ maio de 2023

tádesol
tádelua

EMILIO SANDOKAN NO MUNDO DAS ÁGUAS

gabriel manetti

[ilustrações]
gabriel sozzi

tádesol tádelua
primeira edição
maio de 2023

tádesol
tádelua
selo infantojuvenil da editora urutau

rua do cajú, 478,
jardim das cerejeiras
06724-015
cotia-sp (brasil)

[+55] 11 9 4859-2426
www.editoraurutau.com.br
contato@editoraurutau.com.br

curador — arthur mattos
edição — debora ribeiro rendelli
diagramação — victor h. azevedo
revisão — juliana palermo
coordenação gráfica — tiago fabris rendelli

dados internacionais de catalogação na publicação (CIP) de acordo com ISBD

manetti, gabriel
M275e emilio sandonkan no mundo das águas / gabriel manetti ; ilustrado por gabriel sozzi. - cotia : tádesol tádelua, 2023. 216 p. ; 14cm x 19,5cm.

ISBN: 978-65-84642-24-9

1. literatura infantojuvenil. 2. prosa. I. sozzi, gabriel. II. título.

2023-1243 CDD 028.5
CDU 82-93

elaborado por vagner rodolfo da silva - CRB-8/9410

sumário

Este é um relato das aventuras do pirata Emílio Sandokan.

Diretamente da embarcação "Madda"
Tripulação a bordo:
Capitão — Benjamin sem Sobrenome
ou Ben, o Corajoso ou Ben sem Dente
Navegadora e Timoneira — Anne Olho Vivo
Contramestre — Pedro Mata Sete
Mestres Artilheiros — Jimmy e Alama Pisi — "Os irmãos Pisi"
Cirurgiã — Beth Blackwell ou Beth Salva Almas
Cozinheiro e Músico — Louis Montparnasse
Chefe das Máquinas — Nan
Rapaz da pólvora e criado de bordo — eu
Dia - ?
Mês - ?
Ano - ?

CAPÍTULO I:

APRESENTAÇÕES

Quando eu nasci, o mundo era só água.

Nenhum porto. Nenhuma cidade.

Só água.

Eu nunca pisei em terra firme antes. Não que eu me lembre.

O que eu sei é que, de repente, o mar invadiu tudo sem avisar.

Assim.

Sem mais, nem menos.

É claro que vivo escutando histórias antigas, do tempo em que navegar não era questão de sobrevivência, de pessoas que viviam em cidades com casas seguras, fixas e que não balançavam conforme a maré.

Confesso que acho difícil de acreditar.

Há quatorze anos vivo em um navio, ele se chama *Madda*.

Madda significa mãe, na primeira língua de um país chamado Jamaica. A Jamaica não existe mais. Ou melhor, existe, mas está no fundo do oceano. O que eu sei é que, um dia, a Jamaica foi um local muito importante para os piratas.

Em comparação com os outros, nosso navio não é dos melhores. O Capitão vive reclamando dele, mas, toda vez que alguém toca no assunto, ele vira uma fera. Ninguém pode falar mal do Madda, só ele.

Sempre que conseguimos driblar uma embarcação maior e mais moderna, ou fugir de uma tempestade, ele sobe no convés, pega o leme e grita pra todo mundo ouvir:

"Não há barco melhor, companheiros!".

Contudo, basta alguma coisa dar errado pra ele começar a reclamar de novo.

O Jimmy diz que cada um tem o navio que merece, então não vejo por que reclamar.

A verdade é que nosso navio é pequeno e já está carecendo de alguns reparos, só que, pra isso, precisaríamos achar um porto para consertar todos os danos, mas temos um problema: os portos não existem.

* * *

Atualmente, todos os piratas têm uma única e principal missão: chegar à Ilha de Tortuga.

Segundo relatos, essa ilha é o único lugar com terra firme que existe. Além disso, contam que lá comida e bebida não faltam.

O problema é que ninguém sabe como chegar até a ilha, pois todos os mapas antigos foram destruídos ou se perderam.

Todos, menos um. O "Mapa Uno", o mapa de todos os mapas. O único que contém as coordenadas certas pra chegar à tão sonhada Ilha de Tortuga.

"Então por que vocês não pegam esse mapa?", você deve estar se perguntando.

Simples! Porque esse mapa está com o pior e mais temível pirata de todos os tempos: o Barba Negra.

Dizem que o Barba Negra está muito perto de chegar em Tortuga e que, assim que puser os pés lá, a primeira coisa que vai fazer será destruir o Mapa Uno!

Chato, não?

Isso quer dizer que, pra chegarmos em Tortuga, temos que alcançar o navio do terrível Barba Negra, antes de ele chegar lá. Só que, pra isso acontecer, temos que roubar o mapa e, ainda por cima, derrubar seu indestrutível e impenetrável navio.

Deu pra entender o tamanho do problema?

Tudo isso que acabei de relatar eu escutei das conversas dos marujos mais velhos. Como eu tenho quatorze anos, eles não me contam muitas coisas. Tudo o que sei escuto escondido. Eu finjo que estou varrendo o convés e ouço tudo.

Eu me considero um menino esperto. Ao menos, é o que o Capitão vive dizendo.

O Capitão era amigo dos meus pais e prometeu que cuidaria de mim como se eu fosse seu filho.

Eu tinha alguns dias de vida quando a grande inundação aconteceu. Meus pais só tiveram tempo de me entregar para o Capitão Ben, e, desde esse dia, tudo o que mais quero é reencontrá-los. Não que ele não esteja cumprindo sua promessa, muito pelo contrário. Ele gosta bastante de mim, mas não vejo a hora de poder dar um abraço neles.

A única lembrança que tenho dos meus pais é uma pequena foto em preto e branco, colada na medalha de prata que levo no peito, como um amuleto.

A única coisa que o Capitão me disse sobre o que aconteceu ficou cravada para sempre na minha memória, virando uma obsessão. Um dia, o Ben estava na sua cabine bebendo rum e deixou escapar que minha mãe olhou nos meus olhos antes de me entregar, e disse esta frase aqui:

"Te vejo no Paraíso".

Segundo o Alama, "Paraíso" é um lugar bom. Um lugar sem tempestades, lulas gigantes, tubarões famintos, ondas enormes e piratas mal-encarados. É lá que meus pais devem estar, e é pra lá que eu quero ir! Ou melhor, é pra lá que eu vou! Nem que um dia eu tenha que pular desse navio sozinho!

Eu adoro livros. São eles que me fazem esquecer um pouco da vida que levamos aqui. Considero-os meus tesouros mais preciosos e sei que ninguém dá muita bola para eles.

"Coisa estranha essa!"

"Pra quê ler essas bobagens?"

"Perda de tempo!"

Todas as noites, quando acendo uma vela e me cubro para ler uma história, escuto essas frases e resmungos dos outros marujos. Não dou bola, sigo virando as páginas até eles começarem a roncar e só paro quando as palavras começam a se embaralhar na minha cabeça, como um alerta de que estou prestes a pegar no sono.

Na maioria das vezes, sonho com água. Ondas gigantes invadindo o convés, tempestades arrasadoras destruindo o navio. Tem sido assim há muitos anos. Eu odeio, mas, de vez em quando, tenho a sorte de sonhar com algo diferente. Algumas vezes, sonho que estou correndo em terra firme. A sensação é estranha, mas maravilhosa! Eu corro sem parar. De repente, escuto umas vozes. Eu acho que são meus pais. Eles me chamam. Viro para um lado, para outro, mas eles não aparecem. Eles me chamam de novo e de novo. Vou ficando desesperado, até alguém colocar a mão no meu ombro. Eu me viro e acordo.

É sempre assim.

Normalmente, depois disso, esfrego os olhos e escuto um marujo gritando:

"Acorde, menino! O Capitão está chamando!".

E, rápido como uma bala de revólver, estou de volta à realidade.

* * *

Nossa tripulação é pequena, mas muito esforçada. Vou apresentá-los:

Nosso Capitão se chama "Benjamin sem Sobrenome".

É isso mesmo, Benjamin sem Sobrenome! Dizem que ele foi achado por marinheiros numa praia do Caribe — *um conjunto de ilhas que um dia existiu* —, usando apenas uma correntinha presa no pescoço, com uma pequenina placa dourada com o nome Benjamin. E só. Sem sobrenome nem nada. Daí, Benjamin sem Sobrenome. Entendeu?

Mas ele responde também por outros dois apelidos. O primeiro é um que ele adora: "Ben, o Corajoso". Foi ele que inventou.

É verdade que ele já nos livrou de inúmeras enrascadas, e é mesmo um cara corajoso. Não há ninguém no barco que saiba tanto quanto ele sobre o mar. Ele reconhece cada cheiro, cada mudança de maré, cada perigo em potencial. Sem contar que tem uma mira perfeita, é um excelente espadachim e um tremendo líder. Entretanto, apesar das qualidades, Ben tem uma particularidade engraçada: ele não sabe nadar!

Acredita nisso? Um pirata que não sabe nadar? Pois é!

É por isso que é muito comum vê-lo amarrado por uma corda enorme quando está fora de sua cabine. Caso tenha que dar um comando no convés ou assumir o leme, ele prende a corda na cintura, e só assim consegue andar tranquilo. Nós já fomos invadidos por piratas inimigos, e te juro que, mesmo assim, o Ben os botou pra correr.

Agora, o segundo apelido é mais uma brincadeira entre os tripulantes: "Ben sem Dente".

O Capitão não tem os dois dentes da frente, por isso o apelido jocoso. Ele vive dizendo que nasceu assim, que é "defeito de nascença", mas nossa timoneira conta uma história diferente. Ela disse que, certa vez, quando o Ben estava um pouco alto e melancólico por conta do grogue — *uma mistura de rum, água e limão* —, ele contou que havia perdido os dentes num jogo de pôquer. Confiante de que ganharia a mão com um *full house*, apostou sua dupla de incisivos centrais. Ledo engano. Rápido como uma gaivota, colocou as cartas na mesa, abriu um sorriso largo e foi logo puxando a pilha de fichas para perto. Estava tão enebriado, que mal viu um de seus oponentes deixar, no canto da mesa, a maior sequência da partida, um *royal straight flush* de paus! Aí já viu, né? Um balde de água fria foi despejado na cabeça do Capitão. O resto você já pode imaginar.

Com os apelidos devidamente explicados, quero partilhar com você uma dívida que tenho com ele.

Foi o Capitão que me ensinou a ler e a escrever. Ele também me deu essa máquina cheia de letras, que uso para registrar os meus pensamentos.

Todos os livros que guardo com carinho foram presentes dele. Não sei quantos o Capitão conseguiu salvar, mas sei que ele tem uma coleção, pois sempre recebo um diferente.

Tomara que essa tradição não acabe!

O Ben é o único que chegou a conhecer os meus pais. Foi o último a vê-los antes da grande inundação.

* * *

Não sei se você sabe, mas um barco precisa de alguém que saiba como domá-lo. Portanto, se você não tiver um navegador e um timoneiro experiente, esqueça!

No caso, navegadora e timoneira.

Eu lhe apresento Anne Olho Vivo.

A Anne é uma das pessoas mais corajosas que eu conheço. É claro que eu não conheço muita gente, mas ela é.

Todos aqui dizem que ter um bom navegador é como ganhar na loteria.

Antigamente, ganhar na loteria era sinônimo de muita sorte. Por isso, acredito que eles tenham razão.

Ela é a nossa pilota. Navegar é com ela. E, quando a noite vence o dia, eu adoro vê-la conversar com as estrelas. O Capitão diz que elas servem como orientação, e a Anne é a melhor nesse quesito.

Ela é extremamente valiosa. Perdi as contas das vezes em que tentaram sequestrá-la.

Todos sabemos que só tem uma coisa que a Anne quer: achar o navio do Barba Negra. É só falar esse nome que ela fica vermelha de raiva, e seus cabelos loiros ficam em pé. Anne não está interessada em colocar as mãos no "Mapa Uno" ou em chegar a Tortuga. O que ela realmente quer é resgatar seu filho.

Quando eu ainda tinha apenas um ano de idade, o marido dela, o traiçoeiro William Kidd, trocou o nosso barco pelo do Barba Negra, levando junto o filho deles. Terrível, não? Dizem que o filho deles é o braço direito do Barba Negra, e que já lançou mais de 100 marinheiros para os braços de "Davy Jones".

Eu sei do que a Anne é capaz, ela não vai sossegar enquanto não resgatar seu filho.

E uma última coisa: Anne é a segunda no comando e a única que tem coragem de bater boca com o Capitão. Todos os dias os dois discutem por alguma coisa, é muito engraçado.

Agora é a vez do nosso contramestre preferido, o famoso Pedro Mata Sete.

Lendo esse nome, tenho certeza de que você deve estar achando que ele matou sete marinheiros, correto? Na primeira vez que ouvi, pensei a mesma coisa, mas não é isso. O sete em seu nome é porque ele casou-se sete vezes e nenhum casamento sobreviveu.

Entendeu? Ele vive dizendo que seu coração virou pedra, o que eu não acredito. É só a Anne chegar que ele fica todo encabulado, começa a tropeçar nas palavras, tenta esconder, mas todo mundo sabe que ele é caidinho por ela.

Pedro Mata Sete é o responsável por passar as ordens do Capitão para o resto da tripulação, o que não costuma ser uma tarefa agradável. Se o Pedro não for firme, ninguém o respeita. Acho que é por isso que ele vive de mau humor.

Ele é baixinho, praticamente da minha altura, mas é um dos homens mais fortes que eu já vi. Não há ninguém que o derrote no braço de ferro.

Os outros tripulantes vivem tirando sarro da sua careca vermelha. É divertido de ver. Ele fica uma fera, e suas veias chegam a saltar na cabeça. Pedro fica tão nervoso que não consegue nem se defender. Coitado.

Dizem que piratas não são vaidosos. E não são mesmo; mas, se tem algo de que o Pedro cuida como se fosse um pote de ouro, ou uma garrafa de rum, é o seu bigode. Ele é grande, escuro como a noite e cobre quase toda a sua boca. Sem contar as duas pontas besuntadas de óleo, milimetricamente apontadas para as orelhas, cheias de argolas.

* * *

Um navio pirata sempre enfrenta problemas, principalmente ataques.

Nós já escapamos de vários. Também já atacamos, é preciso dizer. Aqui, ninguém é santo. Agora, em todas essas oportunidades, se não tivéssemos dois mestres artilheiros tão habilidosos quanto os gêmeos Jimmy e Alama, os irmãos Pisi, nossa sorte teria sido outra, e você não estaria lendo este relato.

Mas o que faz exatamente um mestre artilheiro?

Caso tenha se perguntado, eu te respondo.

Mestre artilheiro é quem maneja os canhões do navio. Nós temos apenas dois canhões na embarcação: um a bombordo e outro a estibordo, cada irmão cuida de um lado.

Para ser um mestre artilheiro, é preciso ter uma boa mira e um punhado de sorte, e isso a nossa dupla tem de sobra. São muitas variáveis antes do tiro sair dos nossos canhões, por exemplo, qual a quantidade correta de pólvora, para qual lado está o vento, qual a distância do barco inimigo etc. Tudo isso com o navio balançando pra cima e pra baixo. Não é tarefa das mais fáceis, e isso eu posso te garantir, já que uma das minhas funções é ser o rapaz da pólvora.

Quando chegar a minha vez, eu explico melhor o que faço!

Jimmy e Alama nasceram em um lugar chamado Samoa e, por isso, desde pequenos vivem no mar. Tanto o pai quanto a mãe eram famosos pescadores da região, e não existe peixe que a dupla não conheça. Aliás, preciso dizer que eles são um par de glutões. Se dependesse deles, já teríamos morrido de fome.

Aqui, a comida é escassa, e não podemos nos dar ao luxo de exagerar, tudo é bem contadinho.

"Temos que domar nossa fome", diz Anne Olho Vivo toda vez que percebe minha barriga roncando.

Os dois irmãos são enormes, quase o dobro do meu tamanho, sem contar que são cheios de músculos.

Você não tem ideia de como eles são fortes!

O Jimmy e o Alama são os únicos marujos que já leram livros e, por isso, conseguem falar de outra coisa além de mastros, velas e do Barba Negra. Às vezes, enquanto os outros estão dormindo, subimos no convés principal e ficamos conversando sobre as histórias que já lemos. É uma delícia!

Outra coisa impressionante sobre os irmãos é o quanto eles são conectados, um completa a frase do outro. Parece até que eles têm o mesmo cérebro, que pensam as mesmas coisas.

E o laço de irmandade não para por aí. Uma vez, o Alama se feriu gravemente por conta de uma tempestade, fraturou três costelas e teve um corte profundo no braço. Acredita que o Jimmy teve febre no exato momento em que o irmão foi atingido, e só melhorou depois que o irmão se curou? Pois é. E, pra deixar a coisa ainda mais misteriosa, ambos ficaram com uma cicatriz no braço, aquele que se feriu e o outro que não. Maluco, né?

* * *

Beth Blackwell, ou Beth Salva Almas. Eu nem preciso explicar qual a sua função: se prestar atenção no nome, aposto que consegue adivinhar.

A Beth é nossa médica e ganhou esse apelido pois já salvou inúmeras almas dos braços de "Davy Jones".

Ah, desculpe. Davy Jones é um nome que não pode ser mencionado. Eu explico: *se você vacilar e, por um acaso, bater as botas, você irá para os braços de "Davy Jones". Se tropeçar e cair no fundo do mar, você irá para os braços de "Davy Jones". Se um pira-*

ta cortar a sua garganta, você irá para os braços de "Davy Jones". Agora entendeu?

Temos muita sorte de ter uma médica a bordo. Ela tem um sangue tão gelado quanto as criaturas que vivem nas profundezas desse mar.

A Beth não fala muito de como era a sua vida antes da grande inundação, mas um dia, sem querer, acabei flagrando-a enquanto olhava para a foto de um homem segurando um bebê. Ela ficou parada uns dez minutos e depois começou a chorar. Eu quis chegar perto e ajudá-la, mas tudo o que fiz foi ficar parado. Não sou muito bom nessas coisas. Todo mundo aqui tem uma história triste pra contar, mas, de uma forma ou de outra, nos respeitamos e encontramos força pra seguir.

Como nosso navio.

* * *

Nessas horas de desânimo, eu agradeço aos céus por ter uma pessoa como o Louis na tripulação. Além de cozinheiro, ele é também o nosso músico e comediante.

Acredite se quiser, mas todo navio que se preze precisa ter alguém para alimentar nossa barriga e nosso espírito. Se o Louis Montparnasse não está cozinhando, ele está cantando ou contando piada.

Louis não desgruda do seu violão e tem uma música para cada momento. Se estamos com saudades dos entes queridos, ele inicia a canção perfeita. Se conseguimos fugir de uma tempestade e estamos exauridos, ele nos presenteia com o belíssimo som da sua voz. Se alguém discute e o clima fica pesado, ele conta a melhor piada de todas. A tripulação inteira explode de rir, e tudo volta ao normal. Mas o que eu mais gosto é a sua imitação do Capitão. Ele consegue reproduzir a voz do Ben exatamente como ela é, e isso vive confundindo nossos companheiros de bordo com as "ordens" mais malucas.

Eu choro de rir todas as vezes.

Nosso navio tinha um grande estoque de comida, porém, ninguém imaginou que não chegaríamos nunca a qualquer costa ou porto.

O coitado do Louis tem feito milagres na cozinha. Ninguém aguenta mais sentir cheiro de peixe, mas ele sempre tem um tempero secreto na manga, para ludibriar as nossas narinas. Mesmo com pouco, de uma forma ou de outra, consegue transformar uma refeição insossa em um banquete.

Vamos ver até quando.

* * *

Estamos quase chegando na minha vez, mas, antes, vou apresentar o mais novo integrante da nossa tripulação. Não o mais novo de idade — esse posto eu já contei que é meu —, mas de tempo a bordo mesmo.

Há um tempo, achamos o Nan boiando no mar, em cima de um pedaço de madeira. Estava inconsciente e, assim que o puxamos para o convés, ele despertou e gritou — "Leviatã!" —, e logo em seguida desmaiou.

Desde então, ele nunca mais falou uma palavra sequer.

Agora, de uma coisa eu sei: Nan deve ter visto algo muito assustador na manhã em que o encontramos, pois, um dia, perguntei pra Anne o que seria "esse tal Leviatã" e, pela primeira vez em anos, recebi dela um olhar de pavor! Pra piorar, fez um sinal com as mãos, olhou pro céu, beijou sua correntinha e saiu sem falar nada.

Vai entender!

Agora, como foi que o Capitão descobriu que o Nan tinha talento para consertar qualquer coisa no navio? Isso é um mistério...

Aliás, foi o Benjamin que deu esse nome para ele.

Nan.

Qual será seu verdadeiro nome? Será que um dia ele irá nos dizer?

O Nan é nosso chefe das máquinas, mas o curioso é que não existem máquinas no nosso navio. O Madda é um barco a vela. Isso significa que viajamos na direção do vento. Antigamente existiam barcos com motor a vapor, e o tripulante responsável por consertar esse motor era chamado de chefe das máquinas. Não sei por que o Capitão insistiu em chamá-lo assim, mas acabou ficando.

A verdade é que o Nan conserta qualquer coisa, e a nossa embarcação, mesmo que cheia de remendos, está mais veloz e mais segura desde a sua chegada.

* * *

Ufa! Finalmente chegou a minha vez, está na hora de me apresentar.

Meu nome é Emílio. Emílio Sandokan. Eu sou um pirata.

A história do meu nome é curiosa.

No dia em que meus pais me entregaram, eles simplesmente se esqueceram de falar para o Ben como eu me chamava. Ele até procurou se havia algo escrito na minha medalhinha, mas eu realmente embarquei no Madda sem nome ou sobrenome. Quase igual ao Capitão.

O que me contam é que todos aqui no navio deram uma ou até duas sugestões de nomes pra mim. Cada um achava que o seu era o mais adequado pro bebê recém-chegado, os tripulantes fizeram até uma aposta. A Anne queria que eu me chamasse Noah, o Pedro Mata Sete queria Havana, porque era o nome do seu rum preferido, e o Louis queria que meu nome fosse Galo, em homenagem ao principal símbolo do seu país.

No entanto, quem esfriou os ânimos da tripulação e acabou escolhendo o meu nome foi o Capitão Ben mesmo.

Antigamente, num país chamado Itália, havia um grande escritor, chamado Emílio Salgari. O Ben é fã número um desse autor, e disse que nunca existiu alguém que escrevesse sobre a vida dos piratas tão bem quanto o italiano. Por conta disso, ele pegou o primeiro nome do escritor — Emílio — e juntou com o sobrenome de um de seus personagens mais famosos — Sandokan.

Logo, me chamo Emílio Sandokan.

Entendeu?

Daqui a pouco você se acostuma.

* * *

No começo deste relato, contei um pouco sobre mim, do que aconteceu com o mundo e de como vim parar aqui. Claro que, ao longo das próximas páginas, teremos a chance de nos conhecer melhor, mas, antes, gostaria de te contar quais as minhas funções aqui.

Eu sou uma espécie de faz-tudo do navio. Ainda não posso ter uma função de maior responsabilidade porque tenho apenas quatorze anos, mas o Ben disse que sou dedicado e responsável, e que é questão de tempo pra que eu me torne um contramestre. Pedro Mata Sete anda muito sobrecarregado, e, segundo o Capitão, seria bom ter alguém dividindo o trabalho com ele.

Por enquanto, tenho duas funções principais:

— Criado de bordo: o trabalho consiste em limpar o camarote do Capitão, arrumar a sua mesa — que vive uma bagunça — e ser uma espécie de assistente na cozinha. Eu lavo os pratos, apronto a mesa, corto alimentos, abro recipientes, fico de olho no fogo e sirvo a tripulação. É basicamente isso, nada muito excitante.

— Rapaz da pólvora: essa já é minha função preferida, pra ser sincero. Quando precisamos atacar, ou quando somos atacados, ou seja, quando o "bicho pega", eu tenho que levar a pólvora para os canhões, e ainda dar as coordenadas certas para nossos atiradores. Não é um trabalho simples, mas é muito estimulante. Eu fico tão acelerado depois de uma batalha, que demoro um tempão pra dormir.

Enfim, essas são as coisas que faço aqui no navio, mas isso não quer dizer que eu só faça isso. Faço bem mais coisas: ajudo todo mundo, leio meus livros, faço meus desenhos, escuto histórias dos outros tripulantes, dou risada das imitações do Louis, sou juiz dos campeonatos de braço de ferro e ainda aprendo com o Capitão sobre diversos assuntos. Mas o que eu mais gosto mesmo, quando não tenho nada pra fazer, é de subir no mastro e observar o Sol vermelho sumindo aos poucos no horizonte, sendo substituído pela Lua e pelas estrelas. É exatamente nessa hora que meus pensamentos se acalmam e meu coração se enche de esperança. É lá no alto que imagino o dia em que vou reencontrar meus pais, e acharemos um porto seguro para atracar nossa embarcação. Chego até a tremer de felicidade, quando fecho meus olhos e me imagino encostando os pés numa praia de areia fina e clara, como uma pérola.

Sei que esse dia vai chegar, mas, enquanto não chega, sigo nessa estranha e deliciosa aventura que é a vida em alto-mar. Sei que "tiramos leite de pedra"— como diz Pedro Mata Sete, quando se refere a nossa pequena tripulação —, e que não estamos a salvo de coisas ruins. O perigo está sempre rondando.

Mas só de poder contar isso pra você, fico mais aliviado e confiante. Quem sabe num novo mundo eu vire um escritor, como o Emílio Salgari?

Quem sabe?

Opa!

Escuto a voz do Capitão Ben. Acho melhor me apresentar no convés. É tarde da noite, e não é comum sermos chamados nesse horário. Alguma coisa séria deve ter acontecido.

CAPÍTULO II:

UMA APARIÇÃO INESPERADA

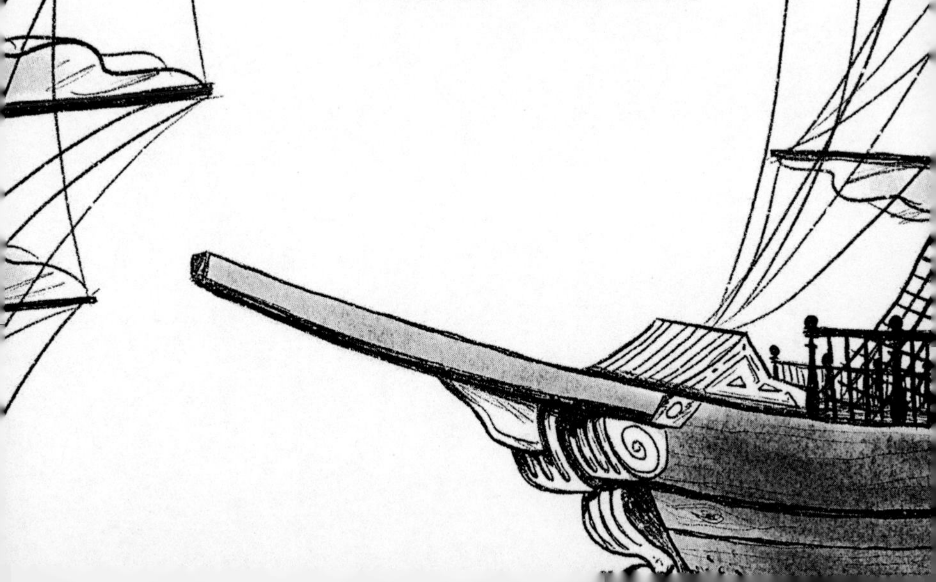

Fomos todos correndo para o convés, alguns ainda bocejando de sono, outros esfregando e piscando os olhos sem parar. Seguimos até a meia-nau do navio, até sermos bloqueados por Anne Olho Vivo:

— O Ben pediu silêncio absoluto.

O Capitão estava no castelo de proa, muito próximo dos gurupés — pra você entender, seria a mesma coisa que o nariz de uma embarcação —, com sua inseparável luneta e devidamente amarrado por sua corda de estimação. Ele observava algo com bastante interesse, pois não mexia um músculo sequer.

O mar estava calmo e reto como uma tábua. A brisa quase não era sentida, a Lua cheia, imponente, mais parecia um imenso olho brilhando no céu.

Ficamos ali, silenciosos e imóveis, mirando o Capitão — segurando nossa respiração, tamanho o respeito por nosso líder —, sem entender o motivo daquela ordem repentina. De repente, algumas milhas à direita, conseguimos avistar um pequeno ponto no horizonte, iluminado pela luz da Lua. Antes de conseguir identificar o que era, Pedro Mata Sete suspirou e disse, com sua voz grave:

— É um navio!

A frase provocou certo assombro em todos nós, afinal de contas, encontrar um navio numa época como a que vivemos nunca é sinal de algo positivo. Agitados, todos quebramos o silêncio exigido pelo Capitão e começamos a falar sem parar.

— *Mon Dieu!* Se meus olhos não estão me enganando, aquelas velas são do Barba Negra! — disse Louis Montparnasse.

— Nada disso — falou Jimmy.

— Aquele navio, três vezes maior do que o nosso, é do terrível Bartolomeu Português! — completou Alama, como de costume. — Dizem que ele foi um verdadeiro mestre das fugas e que, antes da grande inundação, ele chegou a ficar três dias escondido dentro do buraco de uma árvore, só para escapar das autoridades, que queriam levá-lo para a prisão — acrescentou Jimmy.

— Se ele era assim em terra firme, imagine o que pode fazer conosco em alto-mar?! — falou Louis Montparnasse, tirando seu gorro de lã da cabeça. — *C'est fini!*

Surpreendendo a todos, Nan começou a mexer a boca. Queria dizer algo.

— Ele finalmente vai falar — disse Anne.

— Desembucha, Nan! — exclamou Jimmy.

— Diga alguma coisa, homem. Por todas as garrafas de rum do planeta!

O chefe das máquinas arregalou seus pequenos olhos e suspirou profundamente, o que só aumentou a tensão e nos enervou ainda mais. Ele fechou a boca, fez um sinal negativo com a cabeça, mas nada disse, pra nossa frustração.

Tranquilamente, ele dirigiu-se até o cabrestante e começou a arrumar alguns cabos.

— Estamos condenados, e você fica aí sossegado? — perguntou Pedro Mata Sete, em tom ameaçador.

— Não importa quem seja, marujos — afirmou Beth Salva Almas. — O Capitão vai saber o que fazer.

As palavras encorajadoras de Beth não serviram pra muita coisa, o estrago já estava feito. Abalados pela ideia de sermos atacados, começamos a tomar os nossos postos.

Se aquele navio fosse mesmo do terrível Bartolomeu Português, seria o fim de nossa história.

Mas um grito raivoso interrompeu a confusão.

— O que raios está acontecendo?

Era Ben, o Corajoso.

— Por que estão em posição de defesa? Por acaso seremos atacados pelas estrelas do céu? — disse o Capitão. — Bando de ratazanas do mar vocês são, isso sim! É medo o que vejo nos olhos de vocês?

Antes que alguém respondesse, Anne Olho Vivo pediu permissão para se aproximar e seguiu até a proa.

— Capitão, a tripulação está achando que aquele é o barco do terrível Bartolomeu Português. Creio que...

— Diga a eles que estão absolutamente certos — interrompeu, soltando uma sonora risada, deixando a pobre Anne desconcertada.

— O senhor diz isso e ainda ri?

— Mas é claro! Por acaso não iria rir de uma coisa dessas? — indagou o Capitão, alisando sua barba espessa.

— Teria eu, Benjamin, o Corajoso, medo de um barco à deriva?

— À deriva? — perguntou Anne.

— Muito bem, cães! — gritou o Capitão, olhando para a nossa direção. — Aquele é mesmo o navio do terrível Bartolomeu Português! — afirmou. Em seguida, deu dois passos firmes para a frente e segurou alguns cabos da enxárcia. — Mas isso não é motivo para pânico. Aquele barco vaga sem rumo, está à espera de uma tripulação sortuda o bastante para saqueá-lo até os ossos! — completou e, na sequência, abriu aquele sorriso característico, motivo de tantas brincadeiras da tripulação.

Por um instante, confesso que me perdi ao olhar para aquele buraco escuro no meio dos dentes do Capitão, mas meu devaneio foi logo cortado por intensas comemorações.

— O que ele falou? — perguntei. — O que o Capitão falou?

Alama pegou minhas duas mãos, apertando-as pelos punhos, aproximou seu rosto do meu e disse:

— O barco está à deriva, Emílio! À deriva! — vibrou. — Sabe o que isso significa?

Antes que eu respondesse, o gigante samoano gargalhou, me chacoalhou com força e respondeu à própria pergunta.

— Significa que podemos encontrar comida. Comida! — exclamou. — E das boas! — concluiu e depois me soltou, obrigando-me a dar dois passos para trás para me equilibrar.

O navio, que há minutos atrás estava tranquilo como um manatim, agora emanava a eletricidade de uma raia. Com todo aquele movimento, a nau parecia ter ganhado vida.

— Sandokan! — gritou Ben. — O que está fazendo aí parado, gatuno?

— Desculpe, Capitão! — respondi, um pouco sem jeito e apressado para desempenhar minhas funções, o que significava auxiliar qualquer camarada que estivesse precisando de ajuda. Fui até Alama, que estava com problemas com a amarra, depois fui chamado por Pedro e o auxiliei com a adriça, puxei cabos e apertei um nó na bigota. Ajudei Louis a subir no topo do mastro e ainda tive tempo de correr até a cabine, para, então, pegar a bússola e entregar pra Anne Olho Vivo.

— Barra do leme a sotavento! — gritou Ben. — Força, marujos!

Nesse momento, as âncoras foram levantadas, e o vento soprando do Leste, somado ao mar liso, fez o barco alcançar um ritmo superior a 12 nós, o que surpreendeu toda a tripulação. Em poucos minutos, já estávamos colados ao navio à deriva.

— Anne, Mata Sete, Jimmy! — bradou Ben. — Preparem-se para o reconhecimento.

Eu nunca tinha visto uma embarcação tão grande quanto aquela. Se me lembro de cabeça, da proa até a popa, acredito que tinha mais de 30 metros de comprimento. Pude contar cinco canhões laterais, dez no total. Seu casco de madeira era todo trabalhado, com desenhos que lembravam as ondas do mar. Dos gurupés, saía uma assustadora cabeça de lula, perfeita para provocar arrepios nos marinheiros mais inexperientes, como eu. Mas o que me assustou mesmo foi olhar aquela embarcação enorme, vagando completamente sozinha. Era como se pudéssemos enxergar um corpo sem alma. Aquilo causou-me arrepios profundos.

Outra coisa que me ocorreu, enquanto os três marujos saltavam na embarcação abandonada de Bartolomeu Português, foi que, para um navio daquele tamanho funcionar, seriam necessários mais de 50 homens. 50! Estariam todos nos braços de Davy Jones?

— O que está vendo, Louis? — perguntou o Capitão.

— Daqui de cima posso garantir que a nau está vazia, *Capitaine*!

— Ótimo! Podem avançar — ordenou Ben.

Os três piratas, cada um com uma carabina em riste, pularam a robusta amurada e entraram sem rumo no navio. Enquanto Mata Sete e Jimmy faziam um reconhecimento, Anne foi cuidar de parar a embarcação. Eu estava tão nervoso que não devo ter piscado uma vez sequer. Meu coração pulsava agitado, enquanto minhas pernas cediam, de tão moles.

Jimmy foi inspecionar a proa, ao mesmo tempo em que Pedro dirigiu-se até a popa. Nós, que estávamos no Madda, também segurávamos nossas armas, preparados para um possível confronto. Eu tinha comigo uma garrucha — presente do Capitão — e um punhal, que no dia a dia uso para fazer alguns reparos no navio.

Anne soltou a âncora junto do cabo e correu para "dar ré" na embarcação, garantindo uma estabilidade maior. Depois, ligeira como um alcatraz, prendeu o cabo e esperou o navio fundear. Posso garantir que esse era um trabalho para, pelo menos, três pessoas, mas Anne era assim, valia por três.

— Proa limpa! — gritou Jimmy.

— Popa também — complementou Mata Sete.

— Navio ancorado — disse a navegadora.

— Nenhum tripulante no convés — falou o samoano.

Da nossa nau, Ben ordenou:

— Continuem atentos! Se o convés está livre, desçam agora até a câmara.

Os dois marujos e suas parceiras carabinas se juntaram à meia-nau e combinaram a nova exploração. Anne saltou do tombadilho e juntou-se a eles. A julgar pelos gestos, estava pedindo para que ficassem juntos o máximo possível, o que é sempre um sábio conselho em horas incertas.

Como um monstro de três cabeças, seis braços e seis pernas, desceram a escada, pé ante pé, e sumiram para dentro do navio.

— Redobrem a atenção, piratas! — disse Ben. — Beth, Alama e Montparnasse, fiquem a postos. Qualquer barulho estranho, vocês pulam!

— Sim, Capitão! — responderam os três juntos.

Ficamos todos apreensivos. Lá de dentro, nenhum sinal. De repente, escutamos um grito, seguido de um tiro.

— Esse grito... é do meu irmão! — gritou Alama.

— Atenção, camaradas! Ao meu comando. Um, dois e...

Antes do Capitão terminar a contagem, os três piratas reapareceram no convés, como se tivessem sido rejeitados pela câmara do barco, andando de costas e atirando sem parar. A fumaça saindo das carabinas envolveu o trio, e só tivemos a certeza de que estavam seguros quando Anne olhou na nossa direção e fez um sinal de positivo.

— Está tudo bem! — gritou Jimmy do outro navio. — Fomos surpreendidos por um tripulante que estava escondido, mas estamos no controle — seguiu. — O navio é nosso, Capitão!

Todos nós comemoramos a notícia com uma sequência de "urras", mas, como dizem por aí, "a fortuna dos piratas muda conforme a maré". Ainda estávamos nos abraçando quando escutamos um estrondo altíssimo vindo do céu.

— É o mastro principal! Está por um fio! — alertei. — Vocês precisam sair daí antes que ele caia!

— Não antes de saquearmos essa nave, cães! — gritou Ben, com os olhos vidrados. — Peguem tudo o que conseguirem! Emílio e Nan, coloquem a ponte!

Com a ponte colocada entre os dois barcos, todos nós — com exceção do nosso comandante — saímos do navio pegando tudo o que víamos pela frente. Em poucos segundos, montamos um mutirão organizado e fizemos o que nós piratas nascemos pra fazer: saqueamos!

Quase no final, já cansados de tanto vai e vem, fomos alertados por Anne Olho Vivo de que a belíssima embarcação de Bartolomeu Português não duraria mais do que cinco minutos. Além do mastro principal, que poderia desabar a qualquer momento, dois grandes buracos a estibordo, causados por balas de canhão, estavam adiantando o processo do naufrágio. Apressamos a pilhagem e, em poucos minutos, já estávamos seguros e de volta ao nosso estimado barco.

Lotados de conquistas, vimos entristecidos o mar faminto engolir o que restava daquele navio. Primeiro a popa, depois o resto.

Eu nunca tinha visto um naufrágio na minha vida e, com certeza, jamais me esquecerei dessa imagem. Quem nunca presenciou uma cena dessas não imagina o som que um barco afundando produz. Se pudesse traduzi-lo, seria um amargurado pedido de socorro. É de arrepiar.

No entanto, a vida precisa seguir, e, prestado o devido respeito, comecei a organizar os espólios. Peguei uma enorme caixa de madeira cheia de latas, peixes e alguns temperos, mas percebi que estava desempenhando a tarefa sozinho.

— Ei, por que ninguém está me...

Foi aí que meu espírito quase saiu do corpo. O espanto quase me fez bater a cabeça na retranca. No centro de uma roda, um homem maltrapilho, de barba cor de ferrugem, rosto fino, maçãs protuberantes, lábios superiores encobertos por um bigode desgrenhado, cabelo cinza ligeiramente comprido, com um pequeno desenho de pássaro próximo ao olho esquerdo, estava ferido e amarrado em um dos mastros.

No ato, me lembrei de um tópico do nosso código de conduta, que seguíamos à risca até aquele momento: "*Não fazemos reféns*".

O único que teve esse privilégio foi o Nan, só não me pergunte o porquê. Até hoje, somente ele foi resgatado e mantido conosco.

Vai entender. Coisa do Capitão Ben.

Por mais que você estranhe, existe um motivo para não trazermos ninguém a bordo, para além da frieza que esses tempos nos impõem. O ato tem a ver com a nossa própria sobrevivência, não com um congelamento de sentimentos. Veja, nossa comida é escassa e nosso espaço, limitador. Se trouxéssemos todos os náufragos que porventura encontrássemos pelo caminho, ou se colocássemos todos os piratas vencidos dentro do nosso navio, estaríamos pondo em risco as nossas vidas. Entende? Além do mais, nossa embarcação tem um limite de peso. Temos que selecionar até a nossa pilhagem. O que é extremamente necessário mantemos conosco, e o que for desnecessário devolvemos pro mar.

Por isso, ao avistar um refém sendo trazido a bordo, larguei a caixa pesada que carregava e me aproximei da roda.

Fazia muitos meses que não encontrávamos ninguém, e aquele sujeito visivelmente cansado, ferido e com as mãos amarradas no mastro provocou em mim um fascínio enorme. O ferimento, provocado pela carabina do Mata Sete, estava no ombro esquerdo. A mão direita, manchada de sangue, pressionava a lesão.

— Pelas barbas de Netuno! — berrou o Capitão Ben, sendo o último a chegar. — Por que esse sujeito ainda está vivo? Será que vocês se esqueceram do...

— Capitão! — interpelou Anne. — Nós estamos cientes do código. Essa não é a questão. Esse pirata, ao se deparar com a morte, disse uma coisa que tremeu nossos cascos — concluiu a timoneira, num incomum tom de preocupação.

— Ele disse que tinha uma coisa para o Capitão do Madda — falou Jimmy, no mesmo tom de Anne.

— Pretendíamos cumprir o código, — acrescentou Pedro — porém, quando escutamos ele falar o nome do nosso barco, seguramos o gatilho. E tem mais. — disse Mata Sete. — Ele nos disse uma coisa...

— E o que ele falou de tão importante para causar em vocês, lobos do mar, tanta piedade? — perguntou o Capitão.

— Disse que tinha um mapa! — respondeu Anne Olho Vivo.

Essa última palavra caiu como uma bomba de canhão em nossa tripulação.

— Um mapa? — indagou Ben.

— Sim, um mapa, Capitão — disse Jimmy.

— E onde está esse mapa?

— Aqui — respondeu Mata Sete, entregando um pequeno pedaço de pano bege ao Capitão.

Enquanto Ben sem Dente averiguava a novidade, o refém abriu os olhos pela primeira vez e não conseguiu conter o sorriso. Um sorriso cheio de malícia e segundas intenções, que somente eu consegui observar, já que todos estavam tentando ver o que havia naquele pedaço de pano misterioso. Foi aí que nossos olhos se cruzaram, e eu pude notar que o homem tinha um olho de cada cor. Percebendo que eu havia sido a única testemunha daquela expressão suspeita, o refém fechou os olhos e disse com exagerada dificuldade:

— Minha garganta está seca! Água, por favor!

— Cale-se, cão! — gritou Alama, dando um chute em sua velha botina furada.

— Muito bem, piratas — disse o Capitão, fechando o pedaço de pano bege, aumentando a curiosidade da tripulação. — Levem o prisioneiro para o porão! Beth, acompanhe o refém e faça o que for necessário para mantê-lo vivo!

— Imediatamente, Capitão — respondeu a cirurgiã.

A ordem deixou todos consternados. Estávamos indo contra o nosso próprio código sagrado!

— O restante, para seus devidos postos! — exclamou Ben. — Não há mais nada pra fazermos aqui, sigamos! — ordenou. Antes de ir para sua cabine, o Capitão foi interpelado por Anne.

— Vamos deixá-lo vivo, Ben? Ter uma boca a mais para alimentar? Isso sem contar o risco de uma emboscada...

O Capitão olhou para os lados, certificando-se de que ninguém estava por perto, esqueceu-se totalmente da minha presença e aproximou sua boca até o ouvido de Anne.

Foi aí que escutei a resposta!

— Finalmente temos uma coordenada — disse baixinho. — Se o mapa desse larápio for verdadeiro, podemos encontrar terra firme muito em breve. Terra firme!

Os dois se olharam e depois se abraçaram. Na sequência, Anne seguiu até o leme, e o Capitão, já livre da corda, entrou em sua cabine.

— Terra firme — eu disse, antes de Louis Montparnasse me chamar da cozinha.

— Estou indo — respondi.

Depois de tanto tempo, finalmente comeríamos como reis. Como reis e com rumo certo.

CAPÍTULO III:

BARRIGA CHEIA E UM NOVO RUMO

Desde que me conheço por gente, o assunto "comida" sempre foi uma questão importante. É claro que temos o mar à nossa disposição, e é dele que sai o nosso alimento principal; vivemos à base de peixes e, vez ou outra, conseguimos capturar camarões, lagostas e lulas, mas isso tem sido cada vez mais raro. Além disso, quando a temperatura cai, fica muito complicado pescar alguma coisa que preste. É nesse período que precisamos racionar tudo o que encontramos. Louis Montparnasse, o grande mestre-cuca, tem de "cortar um dobrado" para que a fome não domine a nossa mente nem corroa o nosso espírito. Essa é a fase mais tensa pela qual passamos, quando os nervos ficam à flor da pele. Até os gêmeos de Samoa, inquestionavelmente inseparáveis, já brigaram por causa de barriga vazia.

Se você nunca passou fome, agradeça, pois não faz ideia do estado de nervosismo que uma "pança despovoada" é capaz de provocar.

Poucos dias antes da segunda inundação devastadora, cada navio saiu com uma grande quantidade de provisões. Segundo me contaram, o suficiente para passar alguns bons meses sem precisar encontrar comida. O único problema foi que, esperava-se, ao menos em um curto espaço de tempo, que seria possível achar uma porção de terra qualquer. Ninguém havia se programado pra ficar eternamente navegando.

O Pedro Mata Sete me disse que um dos piratas mais perigosos e sanguinários de todos os tempos, que havia enganado a morte uma centena de vezes, conseguiu afundar o próprio navio, com sua tripulação inteira junto, no primeiro dia em que ficaram sem comida. Por isso, para não acabarmos como ele e sua tripulação faminta, cada embarcação precisa se virar como pode.

* * *

Antes de encontrarmos o barco à deriva do Bartolomeu Português, estávamos com nosso estoque quase no limite. Já estávamos comendo as sobras de nossa última pilhagem. No entanto, graças ao amigo destino, fomos agraciados com um magnífico botim, cheio de preciosidades que iluminaram o nosso estômago. Nenhum baú de ouro cintilante era páreo para aqueles peixes frescos, aquelas latas de atum, aqueles temperos coloridos e aquelas garrafas de rum convidativas. Pouco importava se os tesouros estavam vencidos ou mesmo completamente estragados, o que valia mesmo era que tudo aquilo garantiria mais algum tempo de sobrevida e injetaria ânimo em nossa tripulação. E nada como ter o *chef* Louis Montparnasse, o rei dos temperos, o mestre do sabor, para ludibriar qualquer azedume ou gosto amargo.

Logo depois de termos testemunhado o naufrágio do navio, Anne Olho Vivo e o Capitão ficaram algumas horas trancados dentro da cabine. Pedro Mata Sete assumiu o leme e, num determinado momento, passamos por uma área bastante agitada, com ondas altas e constantes, o que dificultou nosso trabalho na cozinha. Duas garrafas de rum se espatifaram no chão, mas foi só o que deixamos escapar. O navio subiu e desceu tanto que acabei ficando um pouco enjoado. Subindo as escadas para o convés, com a intenção de tomar um pouco de ar, cruzei com Anne, bastante apressada, saindo da cabine do comandante. Antes de assumir seu posto, ordenou ao contramestre:

— Leme a boreste!

Já recuperado do estômago embrulhado, resolvi voltar para a cozinha.

Louis, que naquele instante estava experimentando um pozinho alaranjado com a ponta da língua, olhou para mim, ergueu as duas sobrancelhas e disse:

— *C'est incroyable!* O navio virou para a direita, *mon amie.* O *Capitaine* vai nos levar para algum lugar, Emílio! — exclamou o cozinheiro. — Poderemos tirar essas botas sujas e úmidas e ficar descalços. — Depois, soltou uma risada, que virou um choro contido. — Vamos poder pisar na areia! Na areia, Emílio! — reafirmou, enxugando uma lágrima do olho esquerdo. — Você nunca pisou na terra? Nunca mesmo? *Mon Dieu*, Emílio!

Com comida para muitos meses e um novo rumo, o que mais poderíamos pedir?

Passamos tanto tempo navegando apenas para sobreviver, com um único objetivo de encontrar um porto seguro que, de repente, ter um novo rumo definido nos encheu de esperança, sentimento que, de tão raro, chegava a dar medo.

Graças a essas duas novidades, que até aquele momento pareciam ser quase impossíveis de acontecer, as horas seguintes transformaram-se num sonho, regado a um monte de comida e muito grogue.

Louis preparou um verdadeiro banquete para todos. Enquanto nos refestelávamos, ele sacou seu violão velho e cantou a mais bela de todas as canções. A letra, de autoria desconhecida, falava de uma terra distante, cheia de frutos, árvores, rios e animais silvestres. Uma terra onde não existia maldade, à nossa espera, onde encontraríamos nossos antepassados.

Não sei se pelo conteúdo dos versos, a fartura de comida ou o excesso de grogue, ficamos alguns longos minutos em silêncio, com aquele nó na garganta que, se liberto, só desataria em forma de choro, dos mais molhados. Cada um falou um pouco sobre memórias passadas. Pessoas queridas foram lembradas com carinho, e, antes que aquilo se transformasse numa cena de profunda tristeza, Montparnasse pegou novamente seu violão e improvisou uma canção, na qual ele imitava cada um de nós. Mesmo segurando o instrumento, seu corpo se transformava no corpo do imitado, e, assim como o dia é trocado pela noite, saímos do pesar para a mais pura alegria. O ponto alto da troça foi o final, quando o comediante encerrou a canção imitando a voz e os trejeitos do Capitão Benjamin, e ainda ousou, bem na sua frente, chamando-o de Ben sem

Dente. Nessa hora, todos nós explodimos, ficamos vermelhos de tanto rir.

Eu já estava começando a recolher pratos e copos vazios, quando Anne Olho Vivo chegou perto de mim e disse:

— Emílio, separe alguns restos e leve para o prisioneiro.

— Eu? Mas...

— Ordens do Capitão — afirmou ela, encerrando a conversa.

Um pouco contrariado, peguei uma travessa com a carcaça de um peixe-espada, acrescentei alguns pedaços mordidos do que julguei ser uma garoupa e enchi um copo com um pouco de grogue. Enquanto descia a escada que dava para o porão, minhas pernas começaram a tremer e fiquei um pouco zonzo. Encontrar aquela nova figura misteriosa causou-me uma mescla de terror e curiosidade. Seria a primeira vez, em 14 anos, que eu teria contato com alguém diferente.

Já na frente da porta, coloquei o copo no chão, peguei o molho de chaves do bolso e, devagar, girei o trinco. Minhas mãos estavam geladas como um *iceberg*.

Da fresta que se abriu, pude sentir um cheiro de umidade vindo do porão. Com o prato na mão esquerda, agachei-me para pegar o copo de grogue, empurrei a porta com o pé, respirei fundo e entrei.

CAPÍTULO IV

O ENCONTRO

— Estou aqui dentro, agora não tem como voltar atrás — pensei.

Apoiada num barril de madeira vazio, uma lamparina fazia um jogo de luz e sombra muito sinistro. Vez ou outra, as paredes de madeira, o teto e o chão estalavam, como se estivessem reclamando da minha chegada. De onde eu estava, ainda não conseguia ver direito o refém, mas, fatalmente, já podíamos sentir a presença um do outro. Esperei alguns segundos parado e, quando meus olhos finalmente se acostumaram com o ambiente, dei dois passos para a frente, que não foram tão precisos quanto eu gostaria. Pra piorar, esbarrei com o cotovelo em uma garrafa de rum vazia, que, por sua vez, acabou batendo em outra e fazendo um barulho pra lá de desagradável. Deixei o prato numa estante de madeira, firmei os pés no chão, soltei um pigarro e me preparei para falar com uma voz mais grossa. Porém, antes de qualquer palavra sair da minha boca, o homem, de olhos fechados, disse:

— Chegue mais perto, Emílio Sandokan.

Ao escutar meu nome vindo daquele pirata, senti meu corpo amolecer por inteiro. Por pouco não derrubei o copo no chão. Tropeçando nas palavras, perguntei:

— Como você sabe o meu nome?

O homem deu um sorriso largo, o que fez o pássaro tatuado próximo ao seu olho movimentar-se junto. O efeito, provocado pelos músculos da bochecha, fazia aquele albatroz mal desenhado abrir as asas, como se estivesse voando no rosto do prisioneiro.

Resolvi avançar em sua direção e fiz uma ameaça.

— Se não me contar, não lhe dou comida!

Após a advertência, olhei na direção do prato. O pirata me acompanhou. Ele salivava.

— Jogo essa comida no mar e ainda digo que limpou o prato. É isso que você quer?

Confesso a você que raramente tenho atitudes como essa. Talvez, por conta da tensão do dia, da visão do navio sendo engolido pelo oceano, toda aquela comilança e o ar melancólico suscitado pelas memórias dos meus amigos piratas, sentia-me mais irritado e fora de prumo.

— Vamos fazer assim... — disse, num tom mais amigável — eu te dou a comida e você me conta como sabe meu nome. Combinado?

Peguei o prato da estante de madeira e levei até o seu rosto. Seus olhos se arregalaram, fixos naquele resto de peixe miserável. Devia estar com muita fome para achar-se atraído por aquilo. Ainda observando o prato, limpou os lábios com a língua e depois engoliu seco.

— Que acha? — insisti.

O refém moveu a boca e ergueu seus olhos bicolores em minha direção.

— Tudo bem, garoto. Combinado — respondeu.

Ele estava sentado bem no meio do porão, com os braços e pernas amarrados. Vestia apenas alguns trapos, e sua camisa branca estava rasgada. Uma faixa, feita por Beth Salva Almas, cobria seu ferimento no ombro.

— Se puder desamarrar apenas um dos meus braços, eu consigo comer sem lhe importunar.

— Eu não nasci ontem, marujo. Posso ser bem mais novo e bem menos experiente, mas sou um pirata como você — retruquei de imediato. — Acha que lhe darei essa chance? Não ligo de colocar comida na sua boca, desde que se comporte.

A minha resposta rápida e segura teve um efeito curioso no refém, que movimentou a cabeça e sorriu, como se tivesse aprovado minha postura.

— Muito bom, menino. Muito bom — disse. — Nunca dê uma chance sequer para um pirata. Você é um menino esperto, Emílio.

— Acho que está na hora de você responder às minhas perguntas — afirmei. — Não pense que não consigo identificar mentiras por conta da minha idade. Não corra esse risco.

— Não vou correr.

— Ótimo. Para cada resposta, uma mordida. Está claro?

— Sim, claro como água cristalina.

— Muito bem! — disse, colocando-me à sua frente. — Como sabe o meu nome? Como me conhece, se eu nunca estive em outro lugar em toda a minha vida?

— Minha tripulação toda te conhece, ou melhor, conhecia. Agora, uma mordida, por favor — falou e abriu a boca.

— Você não respondeu — falei insatisfeito, retirando o prato de perto. — Pela última vez, como sabe meu nome?

— Muito bem, Sandokan — disse, antes de dar um suspiro profundo. — Você pediu, eu começo. Dias antes de sermos atacados, nosso Capitão, o grande Bartolomeu Português, consultou-se com a Providência.

— Providência?

— Providência é o nome de uma mulher, na verdade, uma senhora. Ela embarcou conosco desde os primeiros dias. A idosa não prestava para muita coisa, mas o Capitão insistiu em levá-la a bordo. Ela vivia fechada dentro de uma cabine, e quase nunca saía. Aquela figura estranha, vagando como um espectro, de cabelos longos e brancos como a neve, unhas enormes e pele enrugada, começou a incomodar alguns tripulantes. Tentávamos dizer para o Bartolomeu que aquela senhora trazia má sorte, que ela era um mau agouro. Mas ele não dava a mínima bola. Somente depois de alguns meses que descobrimos sua verdadeira função. Providência era uma vidente.

— Vidente?

— Ela conseguia ver o futuro.

— Não é possível! — exclamei. — Isso não existe.

— Foi o que falamos para o nosso Capitão. Veja só! Um dia, reunimos toda a tripulação no convés e, numa atitude desafiadora e arriscada, pedimos uma comprovação de suas habilidades.

— E aí?

— E aí que eu mesmo fui buscar a velha à força. Puxando-a pelos braços, chegamos à meia-nau e, conforme o combinado, esperamos algo acontecer.

— E o Bartolomeu? Não ficou revoltado com a situação?

— Por incrível que pareça, não fez absolutamente nada.

— Nada?

— Nada.

— Continue.

— A bruxa manteve-se de joelhos, exatamente como eu a havia deixado. De repente, o céu foi se fechando. Foi ficando escuro, escuro como o fio mais escuro da barba do Barba Negra! O mar, que estava calmo, começou a agitar-se como eu nunca havia visto na vida, Emílio! Até os marujos mais vividos estavam molhando as calças.

— Mas e o Capitão? — perguntei, desesperado.

— Seguia parado feito uma rocha — respondeu. — De repente, a bruxa se levantou, entrelaçou as mãos e as levou ao peito. O barco balançava pra cima e pra baixo, com uma violência gigantesca! Estávamos todos segurando em cabos para não sermos arremessados ao mar, mas a velha conseguia ficar firme, como se nada estivesse acontecendo. Eu já estava ciente do fim, quando Providência gritou: "Hoje não é o dia de vocês caírem nos braços de Davy Jones! A hora de vocês ainda vai chegar, mas não hoje!".

— Não é possível. E aí?

— Aí que ela continuou. "Hoje, apenas um de vocês irá morrer! A Providência tudo vê!". Logo depois, antes de sermos atingidos por uma onda colossal, a bruxa ergueu uma das mãos e, como mágica ou sei lá o quê, fez a tempestade parar e caiu desmaiada.

— É mentira!

— Não é! Por todas as garrafas de rum desse planeta molhado! Que Davy Jones venha me buscar agora se eu estiver falando alguma mentira! — exclamou.

— Mas ela estava certa?

— Saber que alguém iria morrer não deixou o clima lá muito agradável, então resolvemos beber até cair. Se aquele seria o último dia de batalha para um de nós, que fosse bebendo grogue! Nós bebemos a noite toda, e nada. Mas, durante a madrugada, o pobre Jack Nicotina foi fazer xixi. Tão logo despejou seu líquido, tropeçou em suas próprias pernas e caiu no mar. Aranha, nosso contramestre, viu tudo. Nós não conseguimos salvá-lo. Foi uma pena.

— Então, ela estava certa — disse, boquiaberto.

— Sim — respondeu. — No mesmo dia, o Capitão nos contou toda a história. Parece que a velha era uma espécie de mãe para ele. Segundo o Capitão, ela previu que o planeta seria inundado. O grande problema foi que ninguém quis escutá-la, só o Capitão.

— A história é impressionante, tenho que concordar. Mas ainda não responde a minha pergunta.

— Eu ia chegar lá! — resmungou. — Como havia dito, um dia antes de sermos atacados. Como havia dito, um dia antes de sermos atacados,ela teve uma visão. Ela viu que todos nós morreríamos e que apenas um tripulante iria sobreviver.

— Meu Deus! Você!

— Sim! Ela disse que esse tripulante seria salvo por um navio pequeno, chamado Madda, que o Capitão desse navio seria o responsável por encontrar uma nova terra e lá seria rei. Ela pegou um pedaço de papel, que agora está em posse do seu comandante, escreveu as coordenadas e, sem me explicar o motivo, o entregou nas minhas mãos.

— O Capitão Benjamin! Nosso Capitão vai encontrar terra firme! É para lá que nós estamos indo! O Montparnasse estava certo!

— É para lá que nós estamos indo, sim! Mas, antes, ela disse uma coisa...

— Que coisa?

— Antes eu quero a comida! Já falei demais, e a minha garganta está mais seca do que garrafa de rum nas mãos de pirata.

O prisioneiro havia cumprido grande parte de sua promessa, e, mesmo faltando a principal, comecei a alimentá-lo com cuidado, evitando me aproximar.

— Providência disse que o Capitão do Madda encontraria uma enorme ilha e que lá seria rei, mas não disse o nome do seu Capitão — afirmou, mastigando sem parar.

Não sei por que, mas, ao escutar aquilo, senti um frio na espinha.

— Se não disse o nome do Capitão, é porque ela estava errada — falei, inconformado. — Ela disse o nome de quem?

O marujo abriu a boca pedindo mais comida e, depois de engolir uma enorme parte da carcaça do peixe-espada, respondeu:

— Ela disse o seu nome.

CAPÍTULO V

O JULGAMENTO

— Seu nome é Emílio Sandokan, não é? — perguntou o preso, cuspindo pedaços de espinha do peixe-espada.

Eu estava muito impressionado para responder aquela pergunta. Eu, Capitão do Madda? E, ainda por cima, rei de uma ilha? Não, aquilo parecia uma mentira deslavada de um prisioneiro esperto, que claramente estava tentando tirar algum tipo de piedade de um jovem marujo como eu. Mas eu sabia que aquilo era apenas uma tentativa desesperada de manter-se vivo.

Aquilo não poderia ser verdade. Não iria me conquistar. Não iria me conquistar, não fosse as seguintes frases proferidas depois de um arroto barulhento.

— Ela contou mais uma coisa, Emílio. Disse que esse Capitão, que um dia seria o responsável por um recomeço, por dar uma segunda chance a nós e que seria o pai de uma nova sociedade, era um órfão! Portanto, deixe-me perguntar uma coisa, caro menino: por acaso seus pais estão a bordo desse navio?

— Eu não sou órfão! — respondi, levantando-me com violência. — Eu não sou órfão, ouviu?

— Então me diga, onde estão os seus pais?!

— Eu não sou órfão — insisti, já não conseguindo conter as lágrimas. — Meus pais estão no Paraíso, e daqui a pouco estarei com eles!

— A profecia estava certa — disse, num tom profundo.

— Quantas vezes vou ter de dizer que não sou órfão? — gritei, como nunca havia gritado antes. — Essa vidente está errada! Meus pais estão me esperando no Paraíso! — segui, e por pouco não chutei a barriga daquele canalha.

— Nós todos somos órfãos, garoto. De um jeito ou de outro, quer você queira, quer não.

— Você e aquela vidente são mentirosos! Meus pais estão vivos, e eu vou encontrá-los! Eles estão me esperando!

— Você não pode fugir do seu destino, Emílio. Você será o nosso salvador. Aquele que nos conduzirá à retomada. O escolhido. O escolhido sem pai e sem mãe.

De repente, tudo ficou turvo, e uma onda de calor invadiu meu corpo. Sem perceber, já havia partido pra cima daquele desgraçado. Agarrei-o pelos trapos que vestia e o chacoalhei com tanta força, que sua cabeça bateu diversas vezes na coluna de madeira em que estava preso. Mesmo assim, o homem seguia repetindo aqueles delírios. Disse ainda que se sentia aliviado por estar no mesmo navio que eu, principiando uma gargalhada ensandecida.

— Pare ou lhe arrebento a cara! — me exasperei.

Aquele riso exagerado e aquela atitude segura foram me deixando mais e mais transtornado. Tomado pela raiva, ergui meu braço esquerdo e cerrei o punho, preparando-me para dar um soco em sua face. Antes de desferir o golpe, escutei passos apressados vindos da escada. Segurei o ataque e me levantei, eu estava vermelho e ofegante. A porta do porão se abriu.

Era Alama.

— Que gritaria é essa, Emílio? Você está bem? — perguntou, afastando-me com suas mãos enormes. Por que ele está rindo desse jeito? O que ele falou pra você?

— Ele é um mentiroso! Isso que ele é — respondi, ainda muito esbaforido.

— Bom, de qualquer forma, vou levá-lo para o convés. Ele será julgado — afirmou o mestre artilheiro. — Quero ver se ele vai continuar rindo desse jeito — concluiu, enquanto desamarrava o prisioneiro, levantando-o do chão sem dificuldades.

No convés, todos aguardavam a nossa chegada. O Capitão Ben, como de costume, estava no centro, sentado em sua cadeira, era o juiz. Ao seu lado direito, Anne Olho Vivo faria o papel de advogada de defesa, enquanto Pedro Mata Sete, ao lado esquerdo, faria o papel de advogado de acusação. O restante faria parte do júri. Era assim que costumávamos decidir as coisas mais importantes que surgiam. Para esse tribunal, tínhamos alguns combinados. O primeiro era que todo acusado deveria ter alguém para o defender. O segundo era que o júri tinha um grande peso nas decisões, mas a palavra final caberia sempre ao juiz, no caso, nosso Capitão. Já presenciei muitas vezes o júri decidir uma coisa e o juiz outra. Nessas horas, respeitamos nosso código pirata e acatamos as ordens do nosso líder. Sei que pode soar estranho e um pouco confuso, mas nosso tribunal sempre funciona.

O preso foi amarrado no cabrestante e teve o direito de ficar ali, observando as tratativas.

Para quem provavelmente iria enfrentar a prancha, estava calmo demais, contrastando comigo, que não conseguia parar de pensar em tudo o que ele havia dito.

O julgamento começou com o Capitão Benjamin. Ele levantou-se da cadeira, pigarreou e disse:

— Muito bem, marujos. Começamos agora o julgamento. Como vocês sabem, nunca, em toda a nossa história, trouxemos um refém para o nosso navio, mas não transgredi nosso código à toa. Para a ciência de vocês, esse sujeito partilhou algo que pode salvar a vida de todos nós. O refém, que está sendo julgado nesse instante, me entregou um papel com coordenadas para a tão sonhada terra firme!

Não era nenhuma novidade para a tripulação que, pela primeira vez em muitos e muitos anos, estávamos no rumo certo. Entretanto, as palavras "terra firme" provocavam em todos nós um rebuliço tremendo. O Capitão continuou:

— Esse foi o motivo de mantê-lo vivo até agora, por certa gratidão, mas, agora que já temos as coordenadas, não precisamos de mais uma boca para alimentar. Ademais, não conhecemos sua índole e suas habilidades como pirata. Por isso, temos que resolver o quanto antes essa questão. Ele fica ou jogamos o sujeito no mar?

Anne Olho Vivo, com sua firmeza e educação de sempre, tomou a palavra.

— Caríssimos piratas. Antes de sentenciarmos esse pobre coitado, gostaria de fazer algumas perguntas. Não podemos acusá-lo, se nem o nome dele sabemos.

Todos concordaram imediatamente com a navegadora.

— Qual é o seu nome, prisioneiro?

O homem de barba avermelhada, que olhava para tudo com muita atenção e serenidade, moveu a boca para os lados e disse:

— Meu nome é Francisco Defoe, muito prazer — respondeu, acenando com a cabeça.

— Você fez parte da tripulação do famoso pirata Bartolomeu Português, correto?

— Correto. Ainda faço parte, se me permite a correção. Um pirata, esteja vivo ou morto, nunca deve abandonar seus companheiros.

— E quem os atacou?

O julgado parou por um instante, abaixou os olhos, como se estivesse lembrando de algo incômodo, mas respondeu:

— O Barba Negra.

Ouvir aquele nome era o mesmo que ficar cara a cara com a morte.

Anne, que tinha um ódio mais do que profundo e justificável por aquele pirata lendário, fechou os olhos e, por pouco, não gritou.

Coincidência ou não, um vento forte passou por nós e quase levou os chapéus dos irmãos Pisi.

— Pois, então, vocês foram atacados pelo Barba Negra? — perguntou a timoneira, lutando contra a raiva que estava sentindo.

— Objeção, senhor juiz! Agora que sabemos que o Barba Negra pode estar por perto, solicito que o acusado seja sentenciado e jogado no mar imediatamente. Não temos tempo a perder — afirmou Pedro Mata Sete.

— Objeção negada! — respondeu o Capitão, irritado. — Eu adoraria encontrar o Barba Negra e mandá-lo para os braços de Davy Jones! Responda à pergunta, pirata!

O homem, agora Francisco Defoe, aproveitou-se da desordem e da apreensão que aquele nome havia provocado e respondeu calmamente, como um contador de histórias prestes a enfeitiçar seu público.

— Sim, senhoras e senhores! Fomos atacados por Edward Teach, o terrível Barba Negra! — exclamou. — Eu explico. A noite estava fria, e o mar sereno. Eu estava no leme, pensando na minha saudosa esposa e no guisado maravilhoso que ela fazia, quando fui surpreendido por um estrondo altíssimo. Meus ouvidos de pirata experiente já sabiam que era o barulho de um canhão e que tínhamos sido atingidos, mas não era um canhão comum, senhoras e senhores! Era um canhão das trevas! Depois, mais um estrondo e, depois, outro. Fiquei desnorteado. Em segundos, nosso navio já estava todo coberto por fumaça. O nosso Capitão Bartolomeu Português apareceu, ainda de ceroulas, e começou a dar as ordens de defesa. Foi o ataque mais rápido que eu já vi! Olhava para um lado e não via nada, olhava para o outro e também não via nada, só escuridão. Era como se estivéssemos sendo agredidos por um fantasma.

— Você está dizendo isso para nos assustar — falou Pedro Mata Sete.

— Antes fosse, caro amigo, antes fosse. Por um momento, achei que estivesse dormindo e preso a um pesadelo, daqueles que nos fazem molhar a cama. Mas aquilo era real, os ataques vinham de todos os lados! Até que *ele* apareceu.

Nesse momento pude perceber que, em sincronia, todos nós, inclusive o Capitão, engolimos a seco. Francisco continuou:

— Ele estava de pé na proa do *Queen's Anne Revenge*! Um gigante! Um monstro! Ele! Foi nesse momento que percebi que sua simples presença já havia decretado a nossa derrota. Bartolomeu, que sempre considerei o homem mais corajoso de todos, largou sua espada e ficou parado, absorvido por aquela imagem diabólica. Todos nós simplesmente travamos, meus amigos e amigas. Paramos o que estávamos fazendo, como se estivéssemos enfeitiçados por aquele colosso, resignados e aniquilados. Não conseguimos disparar um tiro sequer! De repente, como uma aparição, o *Queen's* ficou lado a lado do nosso navio, e, num salto, ou melhor, num voo inacreditável, o Barba Negra chegou em nosso convés.

— Ele estava acompanhado de alguém? Algum jovem? De uns vinte e poucos anos? — indagou Anne, apreensiva.

— Não, ele estava sozinho. Sua tripulação ficou toda no barco.

— E como ele é? — perguntou Alama.

— Como ele é? Há! Imagine o tinhoso em pessoa... Agora, multiplique por mil! Só aí pra ter uma pequena noção de como ele é, mas posso garantir que ele mede mais de dois metros de altura. Sua barba é grande como ele e escura como a noite. Veste uma capa negra surrada, certamente testemunha de suas atrocidades. Seu chapéu também é negro e igualmente acabado. Seu cheiro é a mistura de suor, rum e pólvora. Mas o pior ainda está por vir!

— Conte logo, rato! Não temos esse tempo todo — gritou Pedro Mata Sete.

— O Barba Negra aproximou-se do meu Capitão, que àquela altura já estava ajoelhado, acendeu uma mecha de queima lenta entre seu cabelo e seu chapéu, fazendo com que um rastro de fumaça o envolvesse e, sem pestanejar, desembainhou sua espada e cortou a cabeça do nosso líder.

— *Mon Dieu* — disse Montparnasse, assustado como sempre.

— Depois — continuou Francisco Defoe — ele perguntou, com a voz mais grave que eu já havia escutado: "Onde está a vidente?"

— Vidente? — perguntou Benjamin.

— Nós levávamos a bordo uma senhora que conseguia ver o futuro.

— E como ele sabia que ela existia? — indagou Anne Olho Vivo.

— Tivemos alguns desertores dias antes. Provavelmente, foram pegos pelo Barba Negra.

O prisioneiro continuou o relato e explicou um pouco mais sobre a vidente Providência. Omitiu, para meu alívio, a parte em que ela mencionava o meu nome.

— Muito bem, marujos! Acho que já demos tempo demais para esse larápio — disse Capitão Benjamin. — Seu relato pode ser verdadeiro, mas tenho certeza de que é também fantasioso. Disse tudo isso para assustar vocês e, pelo visto, conseguiu. Mas não assustou a mim! Júri, o que vocês decidem? Fica aqui conosco ou jogamos ele no mar?

— Capitão, será que não podemos escutar um pouco mais? — indagou Anne. — Será que ele não teve contato com alguém da tripulação do Barba Negra? Será que...

— Ele já disse que não — interrompeu Ben. — Sei que você quer saber sobre o seu filho, mas está claro que esse sujeito é um ótimo contador de histórias. Pode ficar tranquila. Você vai ter a chance de resgatá-lo — disse. — Atenção! Júri! Fica ou vai para o mar?

Montparnasse, Alama, Jimmy, Nan e Salva Almas iniciaram uma discussão. Eu fiquei apenas olhando para o prisioneiro e não consegui prestar atenção no veredito.

— Senhor juiz, — disse Beth — já temos o veredito!

— E qual é?

— A prancha!

Ao escutar a sentença do júri, Francisco começou a gritar.

— Vocês não podem fazer isso! Não podem! A velha disse que eu preciso estar no barco! Eu preciso estar no barco! Para vocês chegarem até a ilha prometida, eu preciso estar com vocês! Ela viu! Ela viu!

— Eu concordo com a decisão do júri — cortou o Capitão. — Não precisamos de mais uma boca para alimentar. Jimmy! Alama! Peguem a prancha!

— Não! — gritou o prisioneiro. — Vocês vão cometer o pior erro das suas vidas! O mapa não está completo! Eu sou o único que sabe as coordenadas de cor! Sou a última parte do mapa! Vocês não podem me jogar no mar!

O homem esperneou, gritou, cuspiu e xingou, mas de nada adiantou. Os irmãos de Samoa o levantaram e o colocaram de pé na prancha de madeira e começaram a cutucá-lo com as pontas afiadas de suas espadas.

— Vai! Mais um passo! — gritou Alama.

— Anda, peste! — acrescentou Jimmy.

— Vocês estão cometendo um erro! Eu sou o único que sabe completar o mapa! Vocês precisam de mim!

O prisioneiro estava a um passo de cair no mar, quando, meio sem saber o porquê, saí do meu estado de torpor, segurei a sua mão esquerda e disse:

— Nós não podemos jogá-lo!

— O que você está dizendo, Emílio? — vociferou o Capitão. — Já está decidido!

— Capitão, nós temos que dar um voto de confiança para esse homem! Você mesmo disse que aquilo que ele nos entregou pode salvar as nossas vidas, e nós vamos retribuir essa dádiva condenando-o à morte? Isso não nos trará sorte, e você sabe disso — respondi, largando a mão do condenado.

Se você quer convencer um pirata de alguma coisa, diga que ela não trará sorte. É simples. Não existe pirata que não seja supersticioso. Aproveitando-me do silêncio do Capitão, continuei.

— Podemos esperar ao menos até chegarmos em terra firme! Ver se essa história de vidente, de visão e de coordenadas é verdadeira. Se for, ele fez por merecer estar vivo. Se não for, eu mesmo corto a sua garganta — disse, espantando-me com minhas últimas palavras.

Os outros tripulantes começaram a gritar, inconformados com a minha atitude.

— O Sol deve ter corroído os miolos do garoto — disse Mata Sete.

— Ele só pode ter bebido uma garrafa inteira de rum escondido — afirmou Montparnasse. — *Il est fou!*

— Deixa ele falar! — gritou Anne.

— Capitão! Piratas! — gritei, erguendo as mãos. — Se jogarmos esse homem no mar, a sorte, que sempre nos foi favorável, se transformará numa tempestade sem fim! E tem mais! Ele diz ser a última parte do mapa!

Eu sabia que minhas condenações e alertas de má fortuna haviam afetado o Capitão, pois seus olhos estavam arregalados e estáticos. Por sua vez, a tripulação toda estava olhando para ele, aguardando sua decisão.

Era a primeira vez que estava erguendo a minha voz para tomar partido de algo em que somente eu acreditava.

Parado ao lado da prancha, não pude deixar de notar que, com tal atitude, havia deixado de ser aquele garotinho doce, que todos conheciam, para me tornar um homem, com opiniões e vontades legítimas. Aquilo era, sem dúvida, meu primeiro passo rumo à vida adulta. Ali, nascia o adulto Sandokan, e morria o menino Emílio.

— Então, você diz que esse mapa não está completo? — indagou Benjamin, retirando o mapa do bolso.

— Eu rasguei a última parte, Capitão — respondeu. — Pode ver! E vocês todos teriam feito a mesma coisa! Era a única maneira de garantir a minha sobrevivência.

O Capitão analisou o mapa com cuidado e depois o colocou no bolso novamente.

— Você vai nos falar o que está faltando quando a hora chegar?

— Sim, senhor — respondeu o pirata, um pouco mais calmo.

— Hoje é seu dia de sorte, cão — falou o Capitão, aproximando-se do pirata de barba ruiva. — Mas, se por acaso eu descobrir que você mentiu, — completou, desembainhando sua espada — eu corto você em pedaços! Alama! Jimmy! — exclamou Benjamin. — Ajudem o homem! Coloquem ele no convés novamente.

Os irmãos Pisi ficaram parados olhando para o Capitão, como se estivessem esperando uma gargalhada irônica, seguida da verdadeira ordem de enxotar aquele traste para o oceano.

— O que estão esperando, ratos do mar? Tirem ele da prancha! Agora!

Sem esperar a dupla de mestres artilheiros, ergui a mão na direção do prisioneiro e o trouxe para dentro do barco. Sua mão estava fria.

— Obrigado, garoto. Você tem um coração de ouro — disse baixinho para mim, e depois olhou para seus novos companheiros. — Serei eternamente grato a vocês! Capitão, saiba que você ganhou um marujo experiente e...

De repente, escutamos um estrondo alto.

— É o Barba Negra! — gritou, Beth Salva Almas.

— *Ces`t fini!*

— Não é possível, nós teríamos visto! — exclamou Jimmy Pisi.

— Tem algo no mar! — alertou Pedro Mata Sete.

Corremos na direção da amurada e observamos algo movimentar-se em alta velocidade. Uma gigantesca faixa lustrosa no mar circundava nossa embarcação, como se estivesse marcando território. Seu deslocamento provocou marolas altas e constantes, fazendo o barco balançar pra cima e pra baixo com violência.

Nan, que até aquele momento mantinha-se reservado como de costume, avançou até a proa, correu até a meia-nau e, em seguida, locomoveu-se para a popa. Fez isso três, quatro, cinco vezes seguidas, apoiando-se em todos os lugares e correndo um risco enorme de cair no mar revolto. O atarracado oriental seguia aquele deslocamento misterioso, como se estivesse enfeitiçado. De repente, ele parou bem ao meu lado, tomou ar e olhou nos meus olhos. Foi só naquele momento que pude ver seu semblante. Era como se estivesse vivenciando um pesadelo. O emudecido chefe das máquinas apontou para o imenso bloco que ainda cercava nosso navio e, lentamente, sentenciou:

— Le-vi-a-tã!

CAPÍTULO VI

LEVIATÃ

Antes de seguir com o relato, permita-me fazer uma interrupção.

No começo desta narrativa, contei um pouco sobre como encontramos nosso chefe das máquinas, o valente Nan, boiando no mar. Não sei se você se recorda, mas, até hoje, ele proferiu uma única palavra, em todos esses anos a bordo do Madda. Lembra qual é? Antes de falar qual, deixe-me propor uma brincadeira:

Vamos contar até três e falamos em voz alta.

Vamos lá!

Um...

Dois...

E...

Três!

Leviatã!

Não é curioso, se você realmente falou em voz alta, como nossas mentes se encontraram? Não é fascinante?

Leviatã. Foi essa a única palavra que o Nan disse, e tornou a repetir quando se deparou com aquela faixa gigante soltando um jato silencioso no mar.

Agora, caríssimo companheiro ou caríssima companheira de bordo, logo que escutei, pela primeira vez, a palavra Leviatã, no dia em que o chefe das máquinas foi resgatado, uma enorme curiosidade tomou conta de mim. Você sabe que fui perguntar para Anne Olho Vivo o significado daquilo e também sabe que fiquei sem saber coisa alguma.

Naquele mesmo dia, passei a noite em claro, pesquisando em meus livros se conseguia achar o significado daquela palavra tão estranha. Virei, revirei e virei novamente mais de 20 livros, e nada! Ansioso, não dando conta da hora, e muito menos sabendo se o Capitão estava disposto a me receber, fui até a sua cabine, bati em sua porta e gritei:

— Capitão, o que é Leviatã?

O Capitão odiava ser chamado naquele horário por qualquer motivo que não fosse urgente, mas meu impulso foi mais forte que minha ponderação, e minha língua mais rápida que meu pensamento.

Aquele rompante de curiosidade havia se apoderado de mim e me cegado de tamanha forma, que sequer estava pensando no que poderia acontecer comigo. Imagine importunar um líder com tantas responsabilidades e preocupações tão tarde da noite por causa de uma palavra? Quem teria essa coragem? Mas era tarde. O estrago já estava feito. Respirei fundo e preparei-me para tomar uma sonora e inesquecível bronca.

Mas, por todos os peixes desse mar, vi a maçaneta da porta girar, a porta abrir-se e uma voz de dentro da escuridão surgir e dizer:

— Entre, Sandokan.

Aquilo me pegou totalmente de surpresa, e, um tanto desnorteado, entrei na cabine do Capitão.

Papéis com anotações e números estavam espalhados na grande mesa de madeira, junto de um globo terrestre quase todo apagado. Duas velas dispostas, uma em cada ponta, com suas chamas indecisas, iluminavam aquele aposento tenuamente. Sentando-se em sua poltrona de couro tingida de vermelho, o Capitão pegou uma pequena chave e abriu a gaveta central. Retirou um livro grosso de dentro dela e manteve, por alguns instantes, seus olhos naquela capa desgastada.

— Você quer saber o que é Leviatã? — perguntou, num tom tão baixo que tive a impressão de que ele fazia a pergunta para si. — Acho que isso aqui responderá a sua pergunta — completou, ergueu seus olhos na minha direção e entregou o livro para mim.

A capa, um pouco sofrida, tinha uma gigantesca baleia desenhada, atacando um barco num mar cheio de ondas.

— Esse é um dos meus livros mais preciosos, Emílio — afirmou. — Agora ele é seu. Cuide bem dele.

— Moby Dick? — perguntei, curioso.

— É o nome de uma baleia, que foi perseguida por uma embarcação.

— É uma aventura no mar?

— Sim! Grande parte da história se passa dentro de um barco. Entende por que ele é um dos meus preferidos? E, logo nas primeiras páginas, você vai encontrar o que deseja.

— Muito obrigado, Capitão Benjamin. O senhor sabe que os livros são tudo pra mim.

— Eu já queria ter lhe dado faz tempo, Sandokan. Faça bom proveito.

Agradeci novamente, dessa vez com um aceno de cabeça, dei meia-volta e saí.

— Pode fechar a porta, marujo — disse o Capitão Ben.

Foi assim que, finalmente, graças ao livro Moby Dick, fiquei sabendo o que era um Leviatã, e agora compartilho esse conhecimento com você.

O autor do livro, Herman Melville, colocou alguns trechos sobre o assunto e vou copiá-los aqui.

* * *

"Ali andam os navios; e o Leviatã que formaste para nele folgar".

"Naquele dia o Senhor castigará com a sua dura espada, grande e forte, o Leviatã, a serpente fugitiva, e o Leviatã, a serpente tortuosa; e matará o dragão que está no mar."

"Fujamos, fujamos! Que o diabo me leve se não trata do Leviatã descrito pelo nobre profeta Moisés na vida do paciente Jó."

"O grande Leviatã que fazia o mar borbulhar como uma panela fervendo."

* * *

E por aí vai...

Já deu pra ter uma noção, né?

Portanto, Leviatã é um bicho metade serpente, metade dragão, que mete medo em todo mundo.

Eu confesso que sempre duvidei que essa criatura existisse de verdade. O Capitão Benjamin, que já navegou por todos os mares do planeta, mesmo antes das grandes inundações, diz que baleias gigantes existem, que tubarões gigantes existem e que cachalotes gigantes existem. Mas uma criatura, um bicho meio serpente, meio dragão, é coisa inventada por mentes criativas, como do Senhor Melville.

O Capitão dificilmente se equivoca. Mas, no dia do julgamento do marujo Francisco Dafoe, percebi que até os seres humanos mais experientes estão fadados ao erro.

Retomo meu relato no exato momento em que a criatura provou para o nosso Capitão que ela não só existia como era muito pior do que haviam descrito no seu tão querido livro.

CAPÍTULO VII

ESCAPANDO DO LEVIATÃ

— Não acreditem no que ele diz, piratas! Leviatãs não existem! — gritou Benjamin. — Provavelmente, foi uma baleia inofensiva que bateu em nosso casco e...

A resposta foi rápida. Antes mesmo do Capitão terminar sua sentença, a criatura levantou lentamente sua parte dianteira da água, revelando uma face que poderia ter saído das profundezas do inferno. Depois, saltou, formando um arco gigantesco, que encobriu o mar de escuridão, agitou sua cauda dividida em três partes pontudas, mergulhou e sumiu de vista.

Pela maneira sagaz com que levantara a cabeça bem na hora em que o nosso Capitão desacreditava sua existência, todos os tripulantes, inclusive eu, foram até a amurada de bombordo tentar ver aquela besta mais de perto.

O mar ficou mexido e, rapidamente, fomos atingidos por ondas fortes, que começaram a nos jogar para todos os lados.

— Eu nunca, em toda a minha vida no mar... — disse Jimmy.

— ...vi algo parecido com aquilo — completou o irmão gêmeo.

— Aquela cabeça — falou Beth Salva Almas. — Viram? Quantos olhos! Quantos dentes!

— A criatura deve estar com medo — afirmou Mata Sete. — Se não fizermos nada, ela vai embora.

Olhando o mar revolto, me lembrei de uma frase do livro *Moby Dick,* que me deixou alarmado. Primeiro, a repeti em minha cabeça e, depois, disse em voz alta, para todos ouvirem.

— O salto é seu modo de desafiar! Ela vai nos atacar!

A criatura, assim como havia feito com o Capitão, respondeu meu alerta com outra aparição e outro salto. Dessa vez, mais próxima do nosso navio.

— Ela está cada vez mais perto, Capitão! — gritou Anne Olho Vivo. — O que vamos fazer?

É muito difícil para um pirata olhar para a sua tripulação e ordenar uma fuga. Piratas são movidos pelo combustível do combate. Piratas odeiam fugir. A não ser que estejam escapulindo da prisão ou da guilhotina, homens do mar como o Capitão Benjamin não fogem de uma briga à toa. "Se tem algo lhe atacando, ataque de volta!". Esse é o lema.

Agora, se estão sendo atacados por algo nunca visto antes, com quatro olhos vermelhos, uma mandíbula imensa, dentes pontudos a perder de vista, uma cauda em forma de tridente, quadro nadadeiras que poderiam ser remos mutantes e uma pele polida, que mais parecia com a pele de um réptil, aí, a história deveria ser diferente.

Como foi.

— Atenção, piratas! Içar joanetes! Cutelos! Desfraldar as velas, marujos! Olho Vivo, para o leme! Montparnasse, suba no mastro! Não podemos tirar os olhos desse demônio do mar! O resto, para seus postos! Nosso navio não será derrubado, e nós não seremos comidos! Por todas as garrafas de rum, não seremos derrotados! — bradou o Capitão Benjamin.

Francisco Dafoe, nosso novo tripulante, mostrou-se bastante experiente e assumiu algumas funções no convés. Seu movimento no barco, a maneira como puxava os cabos e a firmeza de seu semblante demonstravam alguém que fazia tudo aquilo com naturalidade. Aquele era seu *habitat*. Experientes navegantes, como os irmãos Pisi, já estavam acatando suas ordens, sem nem mesmo questioná-las. Observar aquele homem magro e de canelas finas perambular pelo convés era algo interessante de se ver.

— Velas desfraldadas, Capitão — gritou Dafoe.

— Desprenda a corda de segurança — ordenou Benjamin.

— Sim, Capitão — respondeu, imediatamente.

Enquanto isso, a criatura, o temível Leviatã, dava mostras de sua força, saltando, fazendo movimentos circulares e mergulhando na imensidão do mar.

— *Capitaine!* Perdemos a criatura de vista! Mas ela está chegando perto! — alertou o francês.

— Atenção, lobos do mar! Hoje não é dia de virarmos petisco de monstro! A todo pano! Leme a sotavento! Esse bicho dos infernos vai ver do que nós somos feitos!

Incendiados pelo grito do Capitão, todos nós dobramos nosso ímpeto e nossa força. Não conheço praticamente nada desse planeta, a não ser este barco, mas acredito que não exista coisa mais bonita do que uma tripulação com um mesmo objetivo. A fluidez dos corpos, os gritos, os olhos vidrados e a coletividade nas ações transformavam-nos em uma coisa só. Um único grande pirata com muitas pernas, braços e cabeças. Nós éramos o Madda. Nós éramos o casco. As velas. Os cabos. O leme. Éramos nós que atravessávamos a água e sentíamos o gosto do sal.

— Onde está a criatura, Montparnasse? — perguntou o Capitão, esticando sua luneta.

— Ela acabou de revelar a corcova! Três mil pés de distância, *Capitaine*! Que ser enorme, *mon Dieu*! É um réptil? Um dragão? Uma baleia? Não consigo dizer!

— Talvez seja a mistura de tudo isso! — berrou Pedro Mata Sete, e depois deu uma gargalhada.

O Leviatã soltou mais um jato e emitiu um som, que parecia ser seu último alerta.

— Isso não soou bem! — disse Anne Olho Vivo.

— A todo pano, marujos! Leme a sotavento! Firmes! Firmes, meus cães do mar!

É engraçado como, em momentos de pura adrenalina, não temos a real noção do perigo que nos cerca. Isso, somado ao trabalho pesado que um navio em fuga exige, deixa qualquer um estranhamente confiante. Podia ser o meu último dia naquele mundo molhado e oscilante, mas ele não terminaria comigo choramingando de medo.

— Ela está vindo, *Capitaine!* — avisou Montparnasse.

O Leviatã avançou, ocultando a maior parte de seu corpo submerso. O mar foi ficando agitado. A criatura soltou mais um jato, dessa vez com mais força.

— Olho Vivo! — vociferou o Capitão. — Girar o leme! Girar o leme!

— Mil e seiscentos pés, *Capitaine*! Ela está muito próxima! Cada vez mais próxima!

O barco guinou para o lado, mas não o suficiente.

— Novecentos pés! Trezentos!

— Tripulação! — berrou Benjamin. — Preparar para o impacto!

De repente, o navio foi tomado por um silêncio sepulcral. Todos paramos imediatamente o que estávamos fazendo e fomos procurar algo firme para segurar.

Um bloco grande de água insuflou-se, como uma montanha erguendo-nos até o cume. Eu estava preso por duas cordas enroladas nos meus dois pulsos, vindas sei lá de onde.

— Estou seguro, estou seguro — disse para mim mesmo.

Robustos pingos caíam sem parar do céu, mas não era chuva. Os pingos foram, aos poucos, sendo substituídos por imensos segmentos de água, que caíam como bombas, suficientes para inundar todo o convés e nos trazer aquele inconfundível cheiro de mar. Nosso antigo e inseparável amigo.

A embarcação estava a esmo. Completamente vulnerável. Se o bicho gigante fosse esperto, faria seu ataque assim que a montanha de água nos trouxesse novamente para baixo.

O barco subiu e, por fim, desceu.

De olhos fechados, escutei o Capitão pedindo para que continuássemos firmes.

O impacto era questão de tempo.

Foi aí que escutei um ruído.

Era a fera.

O som, grave e assustador, vinha das suas entranhas. Era um som de satisfação. De certeza.

Abri os olhos.

A criatura estava saltando em nossa direção.

Ela era enorme!

Foi aí que tudo ficou lento, como se o mundo tivesse mudado de velocidade. Pude ver os detalhes da sua pele escamosa e todos os crustáceos que ali moravam. Havia uma fileira interminável de dentes pontudos e um cheiro. Jamais vou esquecer aquele cheiro. Era como se todo o odor do oceano estivesse resumido naquela bocarra. Peixes. Algas marinhas. Tubarões. Baleias. Madeira. Carne humana.

O Leviatã, com sua imensa mandíbula aberta, estava para dar seu golpe fatal.

Encostado na amurada e de frente para a criatura, eu tive a impressão de que ela olhava diretamente para a minha alma. Como se me conhecesse profundamente. Ela tinha ódio. Ódio por estarmos vivos e dividindo aquele mundo com ela.

Segurei meu amuleto com muita força. Era o fim.

Mas, não me pergunte como e nem o porquê, o ser mordeu somente ar. Sim, isso mesmo! O Leviatã errou a investida e caiu estatelado no mar, todo desajeitado, jogando água para tudo quanto é lado.

— Estão todos bem? — gritou Anne Olho Vivo, depois que o Madda estabilizou.

— Todos vivos! Por todas as garrafas de rum! — gritou alegre o Capitão. — Montparnasse! Está aí, companheiro?

— Sim, *Capitaine!* — respondeu, do topo do mastro. — Vivo e pronto para a próxima!

— É isso mesmo, marujos! Assim que eu gosto! Eu disse que não seríamos petisco de monstro! — bradou. — Onde ela está, francês? Consegue ver?

— Ainda não, *Capitaine*! Aguarde um instante! O mar está revolto! Sim! Ali! Ali está ela! Três mil pés!

— Ótimo! Agora é a nossa vez — disse Benjamin. — Hora do contra-ataque.

O Leviatã soprou seu jato para cima e dava voltas ao redor de si. Parecia estar com vergonha do ataque malfadado.

— Jimmy! — gritou o Capitão. — Para o canhão! Esse bicho vai sentir a força do nosso navio!

O samoano desceu para o convés inferior até o canhão de estibordo, e eu, como rapaz da pólvora, o acompanhei. A primeira coisa que fiz foi fixar o canhão. Na sequência, Jimmy ajustou a mira, calculou a distância do alvo e a direção do vento.

Naquele momento, tudo nos favorecia.

Coloquei a pólvora no tubo com muito cuidado e, em seguida, o mestre artilheiro botou a bala de canhão.

— Veja, Emílio. Agora a pólvora e a bala de canhão estão pressionadas na extremidade. Não é uma engenhoca incrível? — empolgou-se. — Canhão pronto, Capitão!

— Atenção! No meu sinal! Um, dois, três e... fogo!

Depois da ordem do Capitão, coloquei o fusível no lugar, e Jimmy o acionou para acender a pólvora. Tapamos os ouvidos e, em segundos...

BUM!

Mas o primeiro tiro disparado caiu um pouco atrás do alvo.

— Por pouco, marujos! Mas foi o suficiente para assustar a criatura! Preparem-se para o segundo tiro! — bradou nosso líder.

Eu e Jimmy repetimos o procedimento e efetuamos o disparo, porém, dessa vez, o tiro caiu na frente do monstro.

— Só um pequeno ajuste, irmão! — berrou Alama. — Trezentos pés!

Recalculamos a distância e, pela terceira vez, deixamos o canhão pronto para o disparo.

— Canhão pronto, Capitão — gritei.

— Ao meu comando, camaradas! Um, dois, três e... fogo!

A bala subiu, fez um arco no céu e caiu no alvo. Não em cheio, mas o suficiente para ferir a criatura.

— Marujos! Preparar o bote! — ordenou o Capitão. — Olho Vivo, virar um ponto de ló! O que estão esperando? Preparar o bote! Temos que aproveitar que o monstro está ferido!

— Capitão? — perguntou Dafoe. — Tenho experiência. Me dê apenas um arpão. Apenas um arpão e juro que boto esse monstro pra dormir bem no fundo do oceano.

— Vocês ouviram? O homem mal chegou e já quer mostrar serviço! Deem o arpão para ele e desçam o bote! Você precisa de mais homens para o acompanhar. Mata Sete, Jimmy e Alama! Acompanhem-no! Vamos aproveitar agora, que o demônio deve estar pegando fôlego.

O bote foi baixado rapidamente e deixado no agito da água. Pedro e os irmãos de Samoa remavam com voracidade, enquanto Francisco estava de pé na proa, segurando um grande arpão pontiagudo.

De repente, no castelo de proa, o Capitão começou a cantar uma canção.

— *"Quinze homens no peito do defunto Io-ho-ho e uma garrafa de rum! Bebe que o diabo também te leva junto. Io-ho-ho e uma garrafa de rum."*

Ficamos todos enfileirados na amurada a estibordo, observando aquele pequenino barco aproximar-se da criatura colossal.

— Eu não vou perder meus três amigos — eu disse em voz baixa.

— Eles estão a poucos metros do monstro! — gritou Louis. — É agora ou nunca!

Apertei meus olhos e mordi meus lábios. O bote foi erguido por uma onda. O Leviatã, talvez por estar concentrado com o nosso navio, demorou a notar a chegada da outra embarcação. Quando percebeu, foi tarde. Frente a frente com a cabeça do monstro, exatamente igual à capa do livro Moby Dick, o novo tripulante apontou o arpão e... *zupt!*

A lança atravessou o centro de sua cabeça, entre a primeira fileira de olhos. O monstro soltou um grunhido, arremessou sua face para trás e mergulhou. O bote foi atingido por algumas ondas e, por pouco, nosso contramestre não caiu no mar.

De longe, escutamos a comemoração dos tripulantes.

— Ela está indo embora, *Capitaine*! Ela está fugindo de nós! — gritou Montparnasse. — Viva! Viva!

Nem preciso te dizer que ficamos em êxtase. Em poucos minutos, içamos o bote e nossos salvadores foram saudados.

— Vitória! Vitória! — gritávamos, sem parar.

Junto da comemoração, o dia começava a se despedir. O Sol, laranja como o tempero que Louis lambeu, dava seu último adeus. Mas ele voltaria. Assim como o Leviatã.

Mesmo sabendo da máxima, ouso aqui repeti-la: *"A fortuna é uma amante perigosa!"* — nos permitimos mais uma noite de comilança, grogue e giga.

Giga é uma dança que só fazemos quando estamos extremamente animados!

Agora, sobre a frase, não entenda fortuna por dinheiro, pois dinheiro não tínhamos e nem precisávamos. Entenda fortuna como sorte. Tínhamos tido sorte, e, por mais passageiro que pudesse ser, era preciso comemorar, pois é assim a vida de um pirata. Um dia após o outro. Um vento de cada vez.

CAPÍTULO VIII

A COMPETIÇÃO

Quando fazemos algo bem feito, seja pilhar ou afundar um outro navio, o Capitão Benjamin propõe alguma coisa divertida para fazermos no dia seguinte.

"Depois da tempestade vem a bonança, gatunos."

É o que ele diz.

Estávamos todos um pouco de ressaca por causa da noite anterior. A comemoração da vitória sobre o Leviatã tinha sido intensa e mostrava seus efeitos nos nossos olhos inchados, na relutância em acordar e nas nossas caras amassadas.

Ninguém me deixa beber grogue, se bem que uma vez já experimentei escondido e odiei, mas comi tanto que, quando abri os olhos no dia seguinte, ainda estava sentindo o gosto de comida na boca.

O Capitão, o único com excelente humor e preso por sua corda de segurança, avançou até a meia-nau e disse:

— Piratas! Que tal uma competição de braço de ferro?

Muita coisa havia acontecido desde que havíamos encontrado o barco do Bartolomeu Português, e precisávamos mesmo de alguma coisa para nos divertir.

A proposta serviu como um balde de água gelada na cara ou um gole de café encorpado nas goelas, pois, em questão de segundos, todos nós levantamos das redes e partimos para o convés, mais despertos do que nunca.

— Precisamos de uma mesa e duas cadeiras — disse Pedro Mata Sete, ajeitando as duas pontas de seu belo bigode.

O contramestre, que era o atual tetracampeão da disputa, estava visivelmente feliz por poder mostrar para Anne Olho Vivo a força de seus braços.

Lá no começo, eu te contei que todo mundo sabe que o Pedro Mata Sete é apaixonado pela Anne.

A ansiedade foi tamanha que ele mesmo foi até a câmara buscar a mesa e as cadeiras de uma vez só, enquanto nós, é claro, não perdemos a chance de brincar com aquela situação.

— Alguém está empolgado — comentou Beth Salva Almas.

— *C'est l'amour* — disse Montparnasse.

— Vocês é que são molengas — rebateu Mata Sete.

Por outro lado, a timoneira e navegadora mostrou-se pouco interessada com a competição e nem viu o pobre contramestre fazer um verdadeiro malabarismo com os três objetos de madeira. Eu estava bem ao lado do Capitão quando ela se aproximou e disse, num tom bem apreensivo:

— Capitão, me perdoe o comentário, mas, pela primeira vez, temos um rumo certo. Se o que o novo tripulante diz é verdade, muito em breve teremos a chance de pisar em terra firme. Seria prudente pararmos agora para um jogo bobo desses?

O Capitão virou lentamente seu rosto para Anne, franziu a testa, abriu as narinas, soltou uma porção de ar por elas e perguntou:

— Jogo bobo?

A navegadora percebeu que havia cometido um deslize, tentou consertar, mas foi interrompida.

— Por acaso acha que errei em minha decisão?

— Não é isso, é que...

— Por acaso acha que não sei o que estou fazendo? — insistiu o Capitão, cerrando os dentes e começando a ficar vermelho.

— Eu só...

— Eu estou no comando desse navio há quatorze anos, Anne. Você sabe muito bem disso. Quatorze anos navegando e torcendo para que, no fim do dia, ainda tenha motivo para continuar! Ontem poderíamos ter morrido, mas conseguimos driblar a morte *mais uma vez*! Até quando teremos essa sorte? Você e toda a tripulação estão sob minha responsabilidade. Como tenho que proceder para levantar a moral desses pobres coitados? Me diga? Gostaria de saber! — seguiu o Capitão. — Já percorremos uma porção de água, e não vai ser um dia a mais que irá nos atrapalhar — afirmou e voltou sua atenção para o resto da tripulação. — Atenção, Alama! Lance a âncora! O mar está liso como uma tábua. Ótimo local para a disputa!

Eu nunca tinha visto o Benjamin falar com a Anne daquele jeito. A navegadora e timoneira resmungou algo e subiu até o topo do mastro principal, e por lá ficou. Eu até tentei disfarçar que não tinha escutado a conversa, mas não consegui. O Capitão, com o humor reestabelecido, colocou as mãos no meu ombro e disse:

— Hoje não quero você de juiz, Emílio.

— Não, senhor?

— Não, quero você na disputa — disse e saiu.

Era a primeira vez que o Capitão me dava permissão para entrar no campeonato como um competidor. Fiquei animado.

A mesa e as duas cadeiras estavam bem no centro da embarcação, em frente à escotilha principal. Montparnasse trouxe da cozinha uma travessa com pedaços de peixe cru temperado com ervas e azeite e um grogue diferente, preparado com rum, água e licor de abacaxi.

Rendimento de nossa recente pilhagem.

— Muito bem, senhoras e senhores. Eu serei o juiz — disse Benjamin.

— Mas e o Emílio, Capitão? — perguntou Jimmy.

— Ele vai competir.

— *Merveilleux, mon garçon*! Maravilha!

— Com esses bracinhos de peixe-agulha? Não vai ter chance — falou Pedro Mata Sete, já tomando um dos lugares na mesa. — Quem vai ser o primeiro?

— Jimmy, você disputa com o Pedro. Depois, seu irmão disputa com o Nan. Aliás, aonde está aquele larápio covarde? Ele vai passar o dia limpando todo o convés! Nenhum pirata se esconde quando sua tripulação corre perigo! Ele vai ver só! Onde ele está?

— Está lá embaixo, Capitão — respondeu Beth Salva Almas. — Nós sabemos que ele não é de se esconder. Sempre foi um dos mais corajosos aqui. O problema dele é esse Leviatã!

— Avise o homem de olhos puxados que nós resolvemos o problema dele — disse Dafoe, abrindo um sorriso largo.

— Ah! Bobagem! Chame-o aqui! Não tenha dó do sujeito, mestre artilheiro — disse o Capitão para Alama, dando dois soquinhos em seu peito. — Francisco vai disputar com a nossa querida doutora, e o Emílio vai disputar com o francês! Que a competição comece, cães!

Sei que pode parecer estranho, mas nós levamos essa competição de braço de ferro muito a sério. Veja bem: imagine passar quatorze anos em um navio! Imaginou? Pois é. Não há muito o que fazer, não é mesmo? Topar com barcos à deriva ou monstros do mar é uma exceção, e, na maior parte do tempo, fazemos nossas obrigações no Madda e só. Portanto, qualquer coisa que sirva para matar o tempo é muito bem-vinda.

Imediatamente depois da fala do Capitão Benjamin, todos nós demos gritos animalescos e nos aproximamos da mesa. Pedro, com o cotovelo apoiado e as mãos abertas há um tempo, esperava seu oponente.

— Vai lá, irmão! Mostra pra esse "tampinha" do que um samoano é feito!

— Eu teria cuidado, *mon amie.* O Pedro é forte como um touro!

— Vamos lá, rapazes! Força! — gritou Beth. — Só não quero ter que colocar nenhum osso no lugar, hein?!?

O gigante de Samoa sentou-se do outro lado, apoiou seu cotovelo e abriu sua mãozorra.

— Está pronto pra ser derrotado, ratazana de bigode? — provocou Jimmy.

— O dia que eu perder de você, me jogo no mar, seu pirata de água doce! — respondeu Mata Sete.

— Muito bem, piratas! Já sabem as regras. Braço derrubado, eliminação imediata! Quem tirar o cotovelo da mesa também será eliminado. E lembrem-se! Pulso reto! O competidor que virar o pulso toma uma advertência. Três advertências, eliminação! Aquele que for um mau perdedor, vai ajudar o Nan no convés! O vitorioso terá o direito de jantar na minha cabine, com um prato especial feito por Montparnasse, além de poder dormir uma noite inteira lá sem ser perturbado.

A descrição dos prêmios, sobretudo poder dormir sozinho na cabine do Capitão, deu um complemento a mais na vontade de vencer a disputa. O Capitão era o único que dormia numa cama propriamente, enquanto a tripulação dormia em redes debaixo do convés. Poder esticar o corpo e deitar a cabeça num travesseiro era tudo o que qualquer um de nós estava precisando.

— Pronto, Capitão! Está aqui quem pediu — disse Salva Almas, trazendo Nan.

— Até que enfim veio dar o ar da graça, rato de fossa! Finalmente! Ainda está com essa cara? Pode ficar tranquilo, homem. O perigo já passou faz tempo! Nós demos conta de tudo, mas a sua covardia não ficará barata! Depois da competição, você vai lavar todo o convés — determinou Ben.

O chefe das máquinas, que realmente ainda estava pálido, nada disse, como de costume, cruzou os braços e encostou as costas no mastro principal.

— Muito bem! Atenção, competidores! Vamos começar! Enlace! — ordenou Benjamin.

Pedro Mata Sete alisou seu bigode, abaixou a cabeça e apertou a mão grande de Jimmy. O gigante de Samoa, com uma postura mais relaxada, estufou o peito e aproximou-se da mesa, encarando o cocuruto sem cabelos do seu adversário.

— Prontos? Um, dois, três e... JÁ! — disse o Capitão.

Os dois iniciaram o embate. Dava pra sentir a eletricidade no ar.

De fora, e não conhecendo nosso contramestre, você certamente iria cravar a sua derrota. Ainda mais se comparado ao homem enorme e musculoso do outro lado da mesa. Mas o atarracado Mata Sete tinha uma força que vinha sei lá de onde. Olhando para baixo, o homem transformava-se num bloco firme e compacto, com braços que mais pareciam ganchos de ancoragem.

Ao redor da mesa, nos divertíamos e dávamos força aos competidores.

— Vai lá, Pedro! Força, homem! — gritei.

— *Allez, le gars!*

— Acaba com ele, irmãozão!

— Eu posso com os dois — avaliou Francisco Dafoe.

— Ação! Quero ver ação! Esses braços estão muito parados! — provocou Beth Salva Almas.

Conforme o contramestre fazia força, as veias da sua careca pulavam feito bagre fora d`água. Já o mestre artilheiro, enorme em tamanho, mas não em vantagem, começou a dar sinais de cansaço. Primeiro, fraquejou o antebraço e, depois, o ombro. Na sequência, seus dedos já não envolviam a mão do adversário com tanta precisão. Pedro Mata Sete, percebendo o momento oportuno, imprimiu mais força e, num movimento certeiro, derrubou o braço do pirata de Samoa.

— Vitória do Mata Sete! — sentenciou o juiz. — O contramestre está na semifinal! Parabéns, camarada.

— Obrigado, Capitão — respondeu, visivelmente satisfeito. — Saúdo o meu adversário — apertou as mãos de Jimmy e depois olhou para o alto, tentando se certificar de que Anne Olho Vivo tinha notado seu feito glorioso, mas a timoneira e navegadora seguia isolada no topo do mastro, sem dar bola para o que acontecia lá embaixo.

Depois da primeira rodada, nos preparamos para a segunda disputa. Alama, louco para vingar a derrota do irmão, deu um gole profundo numa garrafa de rum até esvaziá-la, sentou-se na cadeira, cravou seu cotovelo na mesa e disse:

— E aí, Nan? Vai participar ou vai fugir como fugiu do monstrengo?

Todos nós rimos da provocação e engrossamos o coro.

O chefe das máquinas descruzou os braços, desencostou-se do mastro e caminhou lentamente até o local da batalha. O Nan, assim como o Pedro Mata Sete, é pequeno, atarracado e muito forte. Eu não mencionei para você antes, mas ele tem uma tatuagem enorme de um dragão, que cobre as suas costas inteiras. Parece que esse desenho era um símbolo importante em seu país de origem.

O Nan usa um chapeuzinho pequeno, com o topo reto, cheio de letras que eu não faço a menor ideia do que significam, e mantém um bonito rabo de cavalo, cuidadosamente trançado, que vai do meio da cabeça até os ombros.

Voltando para a nossa incrível competição de braço de ferro, o Capitão fez a contagem, e os dois oponentes iniciaram a disputa. O mestre artilheiro começou em vantagem e quase derrubou o braço do Nan. A vitória ficou por alguns centímetros! Mas o oriental era fogo e não se deu por vencido. Ele se recuperou da desvantagem e, dessa vez, foi ele que, por muito pouco, quase encerrou a disputa. A competição estava tão acirrada que nós não conseguíamos falar nada. Os dois estavam há minutos com os braços travados. Veias pulando. Suor escorrendo. Caretas de dor. Naquela altura, tudo podia acontecer. Os dois braços tremiam, mas se recusavam a cair.

De repente...

— Por todos os peixes do mar, é o Leviatã! Ele voltou! — gritou Dafoe.

Todos, imediatamente, viraram para o local onde o pirata de barba ruiva estava apontando, mas não vimos coisa alguma. O alerta foi suficiente para que Nan fraquejasse os músculos, o que não passou desapercebido pelo rival. Quando quis voltar, era tarde. Alama Pisi já tinha derrubado seu braço.

— Não valeu! Isso foi jogo sujo! — gritou Beth Salva Almas, encarando Francisco Dafoe.

— Que brincadeira mais idiota — eu disse, apoiando a doutora. — Juiz, isso não pode ficar assim!

— Quem mandou ele acreditar? — respondeu o Capitão, quase engasgando de tanto rir. — Um pirata não pode confiar na palavra de outro pirata! Não é mesmo, marujos?

Nan se levantou contrariado, lançando um olhar terrível na direção do pirata enganador.

— O Francisco não fez nada de errado! O Nan que se assustou como uma criança! Azar o dele! Eu, como juiz desse campeonato, declaro vitória do Alama!

A decisão polêmica gerou um grande bate-boca, mas, depois de muitos gritos e acusações, chegamos à conclusão de que aquilo não era proibido. A disputa estava encerrada. Nan havia caído numa provocação boba.

— Pode começar a limpar o convés, marujo Nan! Quero tudo brilhando até o fim do dia — ordenou o Capitão, com uma ponta de satisfação.

Alama, claramente envergonhado por ter vencido daquele jeito estranho, cumprimentou o derrotado, que, por sua vez, desceu irritado até a câmara, para pegar os apetrechos de limpeza.

— Muito bem, piratas! Vamos para a próxima rodada! É a vez da doutora e do novato!

— Acaba com ele, Beth — disse Pedro Mata Sete. — Ele é bom para afugentar monstros, mas tenho certeza de que não aguenta uma mulher.

— A Beth *est une femme* perigosa!

— Da última vez... — disse Jimmy.

— ... ela chegou na final — concluiu o irmão.

Não dando bola para os avisos, Francisco Dafoe juntou as mãos e estalou os dedos. Foi até Montparnasse, roubou-lhe uma garrafa de rum e sentou-se na cadeira. Seu corpo esquelético rangia mais do que o nosso navio. O gatuno estava confiante de que venceria a disputa sem muito trabalho, afinal de contas, ele era um homem e sua adversária, uma mulher.

Por outro lado, Beth Salva Almas, diferentemente do recém-chegado pirata, tinha um corpo robusto, ombros largos e braços firmes. Vivia com uma bandana branca amarrada na cabeça, escondendo grande parte do seu cabelo escuro.

Em todos esses anos de convívio, eu nunca vi a doutora se desesperar. Em qualquer situação, favorável ou não, ela se mantém firme como um coral.

Logo que o Madda ganhou os mares para nunca mais parar, a Beth trouxe para o navio uma porção de medicamentos. Uma porção bem considerável, e sempre os utilizou muito bem. Um comprimido aqui, uma pomada ali. Mas tem muito tempo que esse estoque de remédios não existe mais. Eu fui o último a tomar um, quando ainda era uma criança, num acesso de febre que tive por conta de uma insolação. Por sorte, em nossa última pilhagem, encontramos alguns medicamentos — *todos vencidos, é claro*! — que foram guardados pela doutora a sete chaves.

Droga! Eu já estou me desviando do assunto! Desculpe. Retomando a nossa disputa de braço de ferro.

Confiante e com um ar superior, Dafoe tomou um gole de rum, fez uma careta e bateu a garrafa na mesa. Depois, deu um arroto profundo e limpou a sua barba vermelha cor de fogo.

— Como é, doutora? Vamos começar isso ou não?

Eu poderia aproveitar essa parte para narrar uma disputa tensa e cheia de acontecimentos pra te segurar aqui. Eu até que poderia. Mas, fazendo isso, estaria longe do que realmente aconteceu.

A verdade, sendo muito honesto, é que a doutora simplesmente destruiu seu oponente, em apenas cinco segundos. Isso mesmo! Cinco segundos! O Capitão tinha acabado de terminar a contagem, e logo teve que anunciar a vencedora. Foi impressionante! Eu e o resto dos tripulantes gritamos tanto que o perdedor teve que sair de onde estava e se dirigir até a popa do navio, para não escutar as provocações. Foi uma lavada de dar gosto.

De longe, Dafoe ainda tentou rebater os desaforos, dizendo que o machucado no ombro o havia prejudicado, mas não teve jeito. Nem sua atitude corajosa e salvadora de dias atrás, quando lançou o arpão na cabeça do Leviatã, foi suficiente para conter o grupo de humilhá-lo pelo fracasso indiscutível.

— Muito bem, piratas! Chegou a hora do nosso novo competidor — disse Capitão Ben, colocando a mão esquerda no meu ombro. — É sua primeira disputa! Vamos ver como ele vai se sair — concluiu, me empurrando em direção à mesa.

Depois de tantos anos sendo proibido ou relegado a juiz, eu iria me tornar um competidor. Finalmente, participaria do tão prestigiado campeonato de braço de ferro.

CAPÍTULO IX

MINHA PRIMEIRA DISPUTA

Andei um pouco indeciso até a cadeira e me sentei, enquanto Montparnasse fazia seu aquecimento. O francês deu vários pulos, depois fez movimentos circulares com a cabeça, alongou os braços, os punhos e finalizou alongando as costas.

Eu não sei se estou me lembrando direito, mas acho que um dia ele me disse que havia sido um atleta em seu país, já havia disputado vários campeonatos e tinha uma coleção de medalhas. Se minha memória não está falhando, ele me explicou que ganhava a vida correndo e saltando obstáculos do chão. Considerando que suas pernas eram as mais longas entre todos nós, acredito que o Montparnasse deve ter se dado muito bem na profissão.

Como ele se tornou nosso cozinheiro oficial eu não sei, o que eu sei é que ele jamais deve ter imaginado que um dia teria a obrigação de alimentar uma tripulação faminta, num mundo ocupado por água.

— *Très bien!* Estou pronto! — disse meu oponente, sentando-se na minha frente. — Emílio, *chère*. Não me leve a mal. Somos amigos e não quero que a derrota atrapalhe nossa amizade, *mon garçon* — seguiu e inclinou-se na minha direção, falando em meus ouvidos. — Não é pessoal, *d'accord*?

Montparnasse demorou um longo tempo até achar sua posição ideal para o combate e, quando achou que estava confortável o suficiente, postou o seu cotovelo pontiagudo na mesa, fez um gesto com os dedos, para que eu fizesse o mesmo, e logo estávamos com as mãos entrelaçadas.

Aquela mão direita, que sempre via cortando legumes, salpicando temperos e alisando peixes com azeite havia se transformado em minha inimiga mortal.

O Capitão fez a contagem, e o embate começou. Montparnasse apertou a minha mão, que foi logo ficando vermelha, e avançou o corpo ligeiramente para a frente. Aquela investida só podia ser um indicativo de que ele pretendia finalizar o combate rapidamente.

— Lute, Sandokan! — gritou o Capitão.

— Mantenha os braços firmes, garoto! — disse Pedro Mata Sete.

— Esse francês só é bom na cozinha... — falou Alama.

— ... e no violão — completou Jimmy.

— Vai lá, Emílio! Força! — disse Beth Salva Almas.

Minha mão já estava vermelha como um grande tomate, mas consegui resistir à primeira investida do meu adversário. Finquei o cotovelo na mesa e travei meu pulso o máximo que pude. Mas não resistiria muito tempo se ficasse somente esperando. Além disso, tinha que cuidar dos dedos cumpridos de Montparnasse, que me apertavam feito alicate. Eu precisava agir. Com os pés grudados no chão, fiz um movimento com o ombro, tomando cuidado para não mexer o pulso. Não queria tomar uma advertência. Joguei todo o meu peso para o lado esquerdo e iniciei o contra-ataque.

— O menino resistiu e agora está atacando! — vibrou Mata Sete.

— Mostra pra ele, Sandokan! — berrou o Capitão Ben. — Mostra pra esse francês quem é o verdadeiro pirata desse barco!

Com a força que estava imprimindo, consegui adquirir certa vantagem, mas ainda estava longe de derrubar o braço do meu rival. Ficamos naquela mesma posição por alguns segundos, com meus dedos completamente adormecidos. O Montparnasse podia não ser tão forte, mas tinha dedos que pareciam tentáculos de aço cravados na minha mão. Aquilo, mais do que qualquer outra coisa, começou a me incomodar, e acabei perdendo a vantagem. Estávamos novamente de volta à estaca zero.

— Como é que é? Vão ficar assim o tempo todo, ratazanas? — indagou Pedro Mata Sete.

De repente, escutamos um barulho vindo do mastro principal.

Era Anne Olho Vivo.

— Veja quem resolveu aparecer — provocou o Capitão.

— Eu vim dar força para o Emílio — respondeu a timoneira.

— Do jeito que está, quem precisa de força é o francês — completou Beth Salva Almas.

A chegada da Anne serviu-me como um barlavento inesperado. Um forte sopro de vento na popa. Uma chuva refrescante no final de uma tarde quente.

Que o Pedro Mata Sete me perdoe, mas ela havia descido só para ver a *minha* disputa.

Com a confiança reestabelecida, resolvi ir para o tudo ou nada. Ainda sem sentir os dedos, joguei novamente a força do meu corpo na mesa.

— Cuidado com o pulso, Sandokan! — alertou o Capitão.

No início, Montparnasse continuou firme, resistindo bravamente ao meu ataque, mas, alguns segundos depois, começou a movimentar o quadril, como se a cadeira estivesse pegando fogo.

— Vai, Emílio! — gritou Anne. — Mais um pouco! Mais um pouco!

— O garoto vai vencer! — cravou Mata Sete.

A tripulação estava em êxtase. Eu estava a centímetros da vitória. Até os dois piratas derrotados aproximaram-se para ver o que estava acontecendo. Mais um pouco de força, e teria a minha primeira vitória. E logo na minha estreia!

Faltava pouco. Muito pouco.

Uma força a mais e...

BUUUMM!

— Vitória do Emílio! O Emílio venceu! — bradou o Capitão Benjamin, vindo em minha direção erguendo meu braço. — Parabéns, garoto! Eu sabia! Eu sabia que você não iria me decepcionar!

Todos estavam batendo palmas. Até o exaurido Montparnasse não se conteve e aplaudiu.

Eu tinha vencido.

— O Emílio fez a sua primeira disputa e já está na semifinal! Vamos saudar o novo vencedor com um brinde!

Cada tripulante pegou um copo e encheu de rum. Até eu recebi uma pequenina quantia.

— Ao pirata Emílio Sandokan! Por sua primeira vitória no braço de ferro — disse o Capitão Benjamin, erguendo seu copo para o alto, sendo imitado pelos demais.

Pedro Mata Sete me agarrou, esfregou meu cabelo e depois me deu alguns soquinhos no ombro.

— Deixa eu ver uma coisa — falou o contramestre, antes de pegar meu braço direito. — É um braço forte! Eu nunca tinha reparado nisso, Emílio, mas você é um garoto vigoroso.

Embora todos estivessem felizes com a minha vitória, a competição tinha que continuar. O Capitão ordenou que largássemos os copos e chamou o Pedro Mata Sete e o Alama para a primeira semifinal.

Aquela disputa era muito aguardada. Era um verdadeiro duelo de titãs. De um lado, um tetracampeão, o contramestre do nosso navio. Do outro, nosso mestre artilheiro, nascido no mar e um dos gigantes de Samoa.

Em silêncio, acompanhamos os dois competidores assumirem seus lugares. Pedro Mata Sete agora contava com a presença de sua amada, Anne Olho Vivo, e não podia fazer feio. Sentado, alisou o bigode e puxou as duas pontas para cima. Alama, claramente querendo vingar a derrota do irmão, mantinha um semblante sério e concentrado.

— Estão prontos? — indagou Capitão Benjamin.

Os dois oponentes fizeram um sinal positivo com a cabeça.

— Marujos, enlacem! — ordenou o Capitão e juiz.

O mar estava calmo. O barco quase não balançava. Pedro e o samoano obedeceram ao comando e encostaram as mãos. Ninguém respirava. O duelo ia começar.

— Muito bem, marujos! Ao meu comando! Um, dois, três e... já!

Na mediana, linha imaginária que separa bombordo — *parte esquerda da embarcação* — e estibordo — *parte direita* —, a disputa começou empatada. Nenhum braço se movia, e os cotovelos permaneciam colados na mesa.

Era admirável ver tais homens, tripulantes tão importantes para o Madda e que já tinham perdido tudo, familiares, casa e amigos, se enfrentando, sabe-se lá em qual lugar do planeta, num barco que, há quatorze anos, segue navegando determinado, sem dar indícios de que um dia vai parar, como se aquilo fosse a coisa mais importante de todas. Vendo aquela cena, me esqueci do mar infindável, do Barba Negra, do Mapa Uno, da possibilidade de acharmos terra firme e do Leviatã. Nada importava mais do que a batalha.

Muito tempo se passou sem que a coisa mudasse de panorama. Os dois braços continuavam erguidos na mesma posição do início. Nenhum dos competidores fraquejava.

De vez em quando, Pedro Mata Sete deixava escapar um olhar para conferir se Anne seguia assistindo à disputa. A navegadora e timoneira, ao meu lado, observava tudo com muita atenção.

No início, empolgados que estávamos, demos algumas dicas e proferimos palavras motivadoras aos competidores, mas, aos poucos, conforme nada ia acontecendo, fomos envolvidos por uma rede de silêncio, e certa dispersão tomou conta de todos. Montparnasse roía as unhas, Capitão Benjamin lutava contra o sono, Jimmy talhava um toco de madeira com uma faca, Beth Salva Almas comia alguns restos de comida da travessa, Nan retomou a limpeza no convés, e Franciso Dafoe voltou a resmungar na popa. Até que, finalmente, um dos braços pendeu. O simples movimento foi o bastante para que voltássemos nossa atenção para a mesa. Aos gritos, nos aproximamos do embate e acabamos acordando o Capitão. Atordoado, o pobre comandante derrubou a garrafa de rum que trazia no peito e, completamente fora de si, desembainhou sua espada e levantou-se cambaleante de sono, apontando sua arma para todos os lados.

— Quem será o primeiro a sentir a ponta da minha espada? Quem será o primeiro? — ameaçou, tropeçando nas próprias pernas. — Ah! Desculpe, acho que acabei pegando no sono — completou envergonhado, colocando a espada de volta na cintura. — Mas não é possível! Já não era sem tempo! Alguém em vantagem!

Eu já vou lhe dizer quem é que estava vencendo! Tenha calma! Estou aqui para relatar os fatos e apresentá-los em detalhes, afinal, é assim que fazem os escritores. Do que adianta entregar tudo de uma vez? Bom, vamos lá.

O competidor em vantagem era o Pedro Mata Sete. O supercampeão foi empurrando o braço do seu adversário lentamente, ganhando um centímetro por vez, até que...

— Disputa encerrada! A mão encostou na mesa! Vitória de Pedro Mata Sete! — bradou o Capitão. — Parabéns! Você está na final!

Congratulamos os oponentes e fizemos mais um brinde. Eu fingi que dei um gole naquele grogue horroroso e fui logo tomando a minha posição. Beth tomou mais duas doses e depois juntou-se a mim.

— Emílio contra a doutora — falou o Capitão. — Quem vencer estará na final com o Pedro. E aí? Prontos, marujos?

Respondemos juntos à pergunta do Capitão e colocamos os cotovelos na mesa.

Minha segunda batalha ia começar.

— Atenção! Enlacem! — ordenou Benjamin. — A disputa vai começar em três, dois, um e... já!

A mão da doutora era volumosa, e sua pele um pouco áspera. Tinha muito mais firmeza do que meu primeiro oponente, e seus dedos fartos pressionavam o dorso da minha mão, como uma fortaleza. Não foram poucas as vezes em que escutei dela que, para trabalhar em um hospital — *local onde antigamente os enfermos eram cuidados* —, era preciso ter mãos sólidas.

Beth Salva Almas era uma mulher forte. No entanto, eu também havia me desenvolvido bastante nos últimos anos.

Ficamos na mesma posição, braços erguidos e cotovelos apoiados nos primeiros minutos. Ninguém havia conquistado vantagem. De repente, imaginei-me na cabine do Capitão, comendo sozinho uma bela refeição e tendo à minha disposição sua biblioteca inteirinha. Pensei que poderia dormir pela primeira vez esticado numa cama confortável, sem precisar escutar os roncos ensurdecedores dos outros marujos. Em quatorze anos, sempre estive cercado de outras pessoas, seja no convés principal, seja no convés inferior. Quase nunca estava sozinho, com exceção das vezes em que subia no mastro principal. Aquelas imagens motivaram-me tanto que subitamente transferi toda a força do meu corpo para o braço direito. Enrijeci meus músculos e comecei a empurrar o braço da doutora para baixo. O Capitão ajoelhou-se e pregou seus olhos na linha da mesa. Eu segui fazendo força. O esforço foi tanto que, sem querer, mordi minha língua. Mas eu não podia parar. Faltavam poucos centímetros!

Beth resistiu bravamente, muito mais do que imaginei, mas, por fim, deu-se por vencida.

— Vitória do Emílio! O Sandokan venceu! — gritou o Capitão Benjamin, erguendo-se entusiasmado.

A doutora também se levantou e me cumprimentou.

— Parabéns, Emílio. Você foi um competidor e tanto.

— O garoto está na final! Quem diria? Sua primeira competição e já é um finalista — falou Jimmy Pisi.

— Tome cuidado, Pedro! O menino é forte — completou o outro irmão Pisi.

— *Félicitacions, mon garçon* — disse Louis.

Eu não estava acreditando. Eu, Emílio Sandokan, o mais jovem pirata da embarcação, que cresceu dentro de um barco, que nunca pisou em terra firme e que fez sua primeira disputa de braço de ferro da vida, tinha triunfado e estava na final!

Uma única disputa e passaria fantásticas horas na cabine do Capitão, me vi mais uma vez lá dentro, sozinho, comendo até me refestelar, lendo os livros mais interessantes sentado na cama, até pegar no sono. E que sono eu teria! Um sono tranquilo, leve e inabalável.

Meus devaneios foram cessados pela voz do Capitão Benjamin.

— Muito bem, cães do mar! Na qualidade de Capitão deste barco e juiz desta competição, declaro que a final acontecerá em breve. O mar está calmo, e o dia prazeroso. Aproveitem! Mas saibam que, amanhã, partiremos rumo à tão sonhada terra firme! Não descansaremos um segundo sequer, até encontrarmos o porto seguro que nos espera e, assim, iniciaremos uma nova era em nossas vidas! Seremos os novos fundadores de uma nova terra! A esperança de um novo mundo! Nós, piratas do Madda, continuaremos o legado de nossa civilização! Portanto, meus queridos piratas, aproveitem essas próximas horas, e, em breve, saudaremos um novo ou velho campeão!

As palavras do Capitão insuflaram a tripulação. Montparnasse pegou seu violão e começou a cantar. O navio estava em festa. Eu ainda estava um pouco confuso com tantos sentimentos diferentes passando pela minha cabeça, mas, mesmo assim, abracei meus companheiros e companheiras com alegria e entusiasmo. Tudo isso foi abruptamente abalado quando, ao meu lado, senti a aproximação do recém-chegado pirata de barba ruiva. O velhaco deu um gole numa garrafa de rum e, com o tom de voz malicioso de sempre, disse baixinho:

— É triste. Ele é um ótimo Capitão. Uma pena que ele não vá presenciar tudo o que acabou de dizer — concluiu, e deu mais uma bicada na garrafa. — Não é mesmo, Capitão Sando kan?

CAPÍTULO X

NOITE DOS DEUSES

Nos meus livros, dois em especial, existem personagens que considero malignos.

O primeiro personagem chama-se Iago e é uma criação de um dramaturgo chamado William Shakespeare.

"Will" nasceu na Inglaterra — *uma ilha que não existe mais* — e escreveu poemas e peças de teatro.

Antes do mar invadir tudo, as pessoas iam nesse tal de teatro para assistir a homens e mulheres interpretarem uma história. Essa história era feita somente de diálogos, e o responsável por escrever esses diálogos era chamado de dramaturgo. Os diálogos reunidos eram chamados de peça. Por isso, peças de teatro. Deu para entender?

Pois bem, esse William Shakespeare era um tremendo gênio. Segundo o Capitão, ele era o maior de todos. Não em tamanho, mas em talento, é claro. Infelizmente, eu não tenho todas as suas peças, mas o Benjamin conseguiu salvar uma.

Essa história tem mil e uma reviravoltas, batalhas, traições, encontros, desencontros e uma porção de personagens incríveis. Um deles é o personagem principal, que dá nome à peça, o grande navegador e general, Otelo. É nessa peça que o Iago aparece. Ele é o vilão que, corroído pelo ciúme, acaba com a vida do herói. Toda cena em que surge o Iago me enche de arrepios. Suas ações sempre têm segundas intenções, e todas as intenções têm um propósito ruim.

E, por falar em propósito ruim, eis meu segundo exemplo: o personagem Danglars, do livro *O Conde de Monte Cristo*.

Nessa história, temos outro herói navegador, o corajoso Edmond Dantès. O pobre Dantès é um homem honesto e batalhador e é traído pelo maligno, Danglars. Esse sujeito, por pura inveja, trama uma história perversa para condenar o herói e...

Ah, não vou contar toda a história! Jamais ousaria. O Alexandre Dumas é um excelente escritor. Ninguém nos envolve numa aventura tão bem quanto ele. Tomara que você, onde quer que esteja lendo este relato, tenha um exemplar desse livro. É um dos meus preferidos!

Por que eu dei esses exemplos? Porque eu sinto a mesma sensação, causada pelos dois personagens que descrevi, quando Francisco Dafoe está por perto. Os mesmos calafrios. O mesmo estômago embrulhado.

A diferença é que o Dafoe existe e não é fruto da imaginação de grandes escritores.

Sei que fui o responsável direto por sua salvação, mas sinto que, lá no fundo, posso ter cometido um erro. Nada nesse mundo me faz crer que ele é um homem honesto. Desde que conversamos no porão e que ele me contou toda aquela história, não consigo ficar perto dele. Ao mesmo tempo, sinto-me responsável por tê-lo ajudado. Por outro lado, podemos chegar em terra firme graças a ele. E também não posso esquecer que a decisão final de mantê-lo no barco foi do Capitão Benjamin. Ele viu o mapa e deve ter percebido que algo realmente estava faltando.

De qualquer forma, o jeito é ficar de olho, e é isso o que eu farei a partir de agora.

— Você quer? — perguntou Dafoe, mostrando-me a garrafa de rum.

— Não. Eu não gosto disso.

— Azar o seu. Sorte minha — disse, dando mais um gole na garrafa. — Será que você vai ser um bom Capitão?

— É melhor ficar calado.

— Opa, alguém está nervosinho. É a disputa, não é? Você vai detonar aquele careca e...

— Cale a boca, velhaco! — gritei, deixando-o sozinho e me dirigi até o tombadilho onde encontrava-se a doutora.

Beth estava sentada na amurada, segurando a foto de um homem com um bebê no colo.

Aquela foto que descrevi no início do relato, lembra?

Eu me aproximei e sentei-me ao seu lado. Ela me olhou sem graça, dobrou a foto e a guardou dentro de sua bandana branca.

— Desculpe, eu não quis atrapalhar, doutora.

— Não tem problema, Emílio. Não atrapalhou nada.

— Se você quiser seguir olhando a foto, eu não ligo.

— Eu acho que já vi o bastante.

Ficamos em silêncio, olhando o mar. O dia seguia bonito e ensolarado. Em algumas horas, o Sol iria se pôr.

— Aquela criança era a minha filha, — disse Beth, para a minha surpresa — e o homem, meu marido – completou, num tom sereno e profundo.

Nesses quatorze anos no mar, o passado sempre foi algo que pairou no ar feito névoa. Sabemos que ele existe, que está bastante presente e diariamente nos atravessa, mas, ao mesmo tempo, entendemos que sua matéria é tão delicada que fazemos de conta que ele não nos atinge.

Todos, sem exceção, escolheram o silêncio como principal artifício de defesa, e é nesse silêncio que encontramos um laço. Cada um aqui sabe o que o outro deixou para trás, e isso já é o suficiente.

Por isso que, quando alguém se afasta e fita o horizonte, sabemos o que significa. Quando alguém, sem precisar, sobe no mastro principal, sabemos o que significa.

Cada um carrega o próprio fardo. Cada um estanca suas feridas do jeito que pode.

— Eu posso ver a foto? — perguntei, já me arrependendo. — Quero dizer... é... desculpe... eu não queria ser...

— Você quer mesmo?

A doutora abriu um sorriso, e seus olhos encheram-se de lágrimas.

— Eu... é... se você quiser mostrar... ficaria feliz de poder ver...

Imediatamente, ela retirou a foto da bandana branca, aconchegou-se ao meu lado e a colocou cuidadosamente nas minhas mãos.

Eu já havia visto aquela foto algumas vezes, sempre de relance, mas agora podia vê-la com tranquilidade, sem me sentir envergonhado ou bisbilhoteiro.

— Essa é a Zoe, minha filha, — falou, apontando para a criança pequena — e esse é o Lucas, meu marido — concluiu, apontando para o homem.

— Eles são muito bonitos.

— Essa foto eu tirei quando fizemos nossa última viagem. A Zoe tinha três anos. Estávamos comemorando nosso aniversário de casamento.

— Vocês se conheciam há muito tempo?

— Estávamos juntos há treze anos — respondeu. — Exatamente um ano depois, — pausou, voltou seu olhar para o mar e depois continuou — aconteceram as inundações.

É claro que senti uma imensa vontade de perguntar o que havia acontecido, mas não tive coragem.

— A primeira inundação já havia tomado parte do mundo, mas ninguém estava esperando por uma segunda. Ficamos alguns dias em casa e, tudo o que sabíamos, víamos pela televisão. Imagens de cidades destruídas, água levando tudo. Era difícil de acreditar — retirou a bandana, ajeitou os cabelos e colocou-a novamente, dando um nó mais apertado. — Um mês depois, eu estava de plantão no hospital da nossa cidade, e escutamos um imenso estrondo. De repente, todas as luzes se apagaram, e tudo começou a tremer. Primeiro, fomos salvar os pacientes graves e os bebês da maternidade, mas não tivemos tempo de nada. Eu só pensava na minha filha, no meu marido e em todas aquelas pessoas correndo desesperadas, sem saber o que fazer. A água começou a invadir o primeiro andar tão violentamente que, em dez minutos, já tinha tomado o prédio inteiro. A última imagem que eu tenho é de uma porta sendo destruída pelo fluxo da água. A partir daí, não me lembro de mais nada.

— E como veio parar aqui?

— Isso é algo que um dia terei coragem de perguntar para o Benjamin. O que eu sei é que, quando acordei, já estava no navio.

— E o que você fez?

— É claro que eu quis pular, queria voltar a todo custo, mas o Capitão me impediu. Disse que tudo havia sido destruído e que não valia mais a pena. Ele me levou até o convés e apontou em direção à costa.

Nesse momento, percebi sua voz embargar.

— A cidade era água e ruína, Emílio. Água e ruína. Um terror — disse, não contendo o choro.

Eu também não consegui segurar minha emoção, e ficamos abraçados, derramando lágrimas salgadas no mar salgado.

— Todos os dias eu me arrependo de não ter pulado. Todos! Eu não tive coragem. Eu sou uma covarde, Emílio!

— Não diga isso! — exclamei, limpando algumas lágrimas do seu rosto.

— Eu nunca devia ter aceitado continuar — insistiu.

— Você salvou muita gente aqui! Se não fosse você, todos nós estaríamos mortos! Eu sei o que fez nas primeiras horas a bordo. Cuidou de mim, cuidou do Pedro, cuidou da Anne, do Jimmy e do Louis. Nós não teríamos conseguido sem você, doutora. Sei que nunca iremos substituir a sua filha e o seu marido, mas, se estamos aqui, é por sua causa. Você é nosso anjo — concluí e nos abraçamos.

— Eu tenho a esperança de que, um dia, vou encontrá-los de novo. Algo me diz que isso vai acontecer, Emílio. Se eu consegui sobreviver, por que eles também não podem ter conseguido, não é mesmo? Eu sei que eles conseguiram. Eu sei — falou e, depois, nos abraçamos pela segunda vez.

Fiquei feliz por ela ter contado aquilo tudo para mim. Eu sabia que era muito difícil relembrar todas aquelas memórias sofridas, profundas e doídas, mas estava contente por saber que ela confiava em mim.

Abraçados, admiramos a imensidão do mar. O mesmo mar que levou tudo o que nos era mais sagrado. O mesmo mar que nos mantinha vivos.

— Atenção, piratas! — gritou o Capitão. — Já é hora de sabermos quem será o campeão. Mata Sete! Sandokan! A final vai começar!

— Acho que você está sendo chamado — disse Beth.

— É, parece que sim. Acha que tenho chances?

— Acho — respondeu.

— Você vem?

— É claro que sim. Não vou perder isso por nada nesse mundo — afirmou, pegou a minha mão e levou-me até a meia-nau, onde todos os outros já nos aguardavam.

— Emílio, você senta aqui — falou Benjamin, puxando a cadeira da direita. — Mata Sete, você fica aqui — concluiu, puxando a cadeira da esquerda.

Já em posição de combate, senti uma brisa bater contra o meu rosto e, enquanto Pedro fazia seu ritual, lembrei o que Beth Salva Almas havia me contado minutos antes. Pensei em sua filha e em seu marido. Teriam tido a mesma sorte que os meus pais? Estariam juntos no Paraíso, esperando por nós?

Enquanto meu oponente seguia alisando seu bigode, peguei a minha medalha e olhei para a foto. Ali, numa imagem em preto e branco, dois adultos que haviam me colocado no mundo, um pai e uma mãe de quem eu nada sabia, olhavam na direção de quem havia tirado a foto, com um largo sorriso no rosto.

Do que estavam rindo? Será que um dia saberei?

— Como é, Pedro? É pra hoje? — provocou Alama.

— Eu preciso do meu ritual, camarada. Foi assim que venci as últimas competições — respondeu, apoiando um dos cotovelos na mesa. — Muito bem, Emílio — avançou, com o seu tronco em minha direção. — Não quero te decepcionar, mas eu estou precisando muito de uma boa noite de sono. Tudo o que eu quero é esticar essa velha carcaça na cama do Capitão, certo?

Eu nada respondi. Apenas apoiei meu cotovelo direito e encostei a minha mão na do meu oponente. Era uma mão áspera, seca e fumegante.

O resto da tripulação foi se aproximando. Aos poucos, estávamos no centro de uma roda. Mais uma vez, senti uma brisa gostosa agraciar o meu rosto. Fechei os olhos e respirei fundo, até os sons ficarem distantes e sumirem por completo. A única coisa que podia ouvir eram as batidas do meu coração.

Tu-tum. Tu-tum. Tu-tum.

— Piratas! A final vai começar — falou o Capitão, empolgado. — Atenção!

— Um...

Tu-tum.

— Dois...

Tu-tum.

— E...

Tu-tum.

— Três!

Meus olhos se abriram junto com os gritos da plateia de marujos. Pedro começou colocando toda a sua força no primeiro ataque.

Acho que ele realmente estava com vontade de dormir na cama do Capitão, ou estava querendo se mostrar pra Anne Olho Vivo?

A força foi tão grande que, imediatamente, senti meu ombro e as minhas costas queimarem.

Ele realmente era mais forte do que eu imaginava!

As famosas veias da careca deram o ar da graça, e o Pedro foi ficando tomado pela cor vermelha. Seu maxilar pulsava, por conta dos dentes cerrados, enquanto as suas pernas faziam pressão na direção do chão de madeira. Eu tentei fazer uma força contrária, mas não consegui sequer mover o meu braço.

Minha mão foi ficando cada vez mais próxima da mesa.

— Esse cão vai ganhar mais uma vez — disse Jimmy.

— Vai comer e dormir tranquilo — emendou o irmão.

— É melhor ir adiantando a comida — falou Louis. — O Pedro gosta de bastante tempero.

Não tinha jeito. O Pedro era mais forte do que eu, e, por mais que tentasse, meu braço só se movia para trás.

Justamente quando já estava me contentando com o segundo lugar, Anne aproximou-se de mim e gritou:

— Vamos lá, Emílio! Força, garoto! Força!

Aquele incentivo foi como uma facada no peito do pobre contramestre. Seu rosto começou a escorrer, como água que escapa do convés, e tive a impressão de que ele diminuíra de tamanho. Seu braço foi ficando mole, e a força antes impressa foi se transformando em fraqueza.

Eu nunca me apaixonei na vida, e tudo o que sei sobre o amor eu li nos meus livros. Mas tenho plena noção de que deve ser algo muito forte, muito potente, pois ele move quase todas as histórias que eu tenho. Sei que o amor pode te jogar para o céu, mas também pode te jogar para o fundo do oceano.

Foi essa impressão que tive ao olhar para Pedro Mata Sete. Vi, nitidamente, a imagem de um homem vencido. De alguém que tinha desistido. De alguém que estava sendo sugado pelas profundezas do mar e que não tinha mais forças para lutar.

Percebi que aquele momento era a minha chance.

Minha única chance.

Coloquei todas as minhas forças no meu braço, pulso, mãos e dedos. Eu precisava de todos eles.

De repente...

Bum!

A mão do meu adversário estava encostada na mesa, e a minha mão estava em cima dela.

— Nós temos um novo vencedor! O Emílio venceu! O Emílio venceu! — gritou o Capitão Ben, enlouquecido.

Todos os tripulantes, com exceção do Mata Sete, vieram em minha direção e me cumprimentaram. Fui erguido e jogado para cima e para baixo uma porção de vezes.

Eu tinha vencido. Eu era o mais novo campeão do tradicionalíssimo torneio de braço de ferro.

— Parabéns a todos os competidores — disse o Capitão. — Sobretudo, ao mais recente vencedor, que terá uma verdadeira noite dos deuses! Uma salva de palmas, em homenagem ao querido pirata e agora campeão Emílio Sandokan — concluiu, puxando as palmas.

Pedro, claramente decepcionado, cumprimentou-me com educação e seguiu sozinho até o tombadilho. Confesso que, vendo-o se afastar, completamente desolado, fiquei com um pouco de pena dele. E não era para menos. Não deve ser nada fácil ver a pessoa amada torcer contra você, mesmo não fazendo por mal.

— Vou lhe preparar um verdadeiro banquete, *mon amie* — falou Montparnasse. — Nada de comida vencida! Farei o que temos de melhor — concluiu o cozinheiro.

— Querido Emílio, minha cabine é toda sua — disse Benjamin, deixando uma chave nas minhas mãos. — Aproveite as horas que terá — concluiu, com uma piscadela. — O resto, aos seus postos, cães! Alterar as cores! Não quero ninguém parado! Subam a âncora imediatamente! Desfraldar as velas! Joanete de proa! Traquete! Mezena! Quero nossa bandeira balançando com o vento amigo, pois agora nós temos um rumo certo e não descansaremos até encontrarmos terra firme, marujos! Vocês querem pisar na areia branca de uma praia, ratos do mar?

— Sim, Capitão — foi a resposta da tripulação.

— Querem se esbaldar com a água fresca de um coco?

— Sim, Capitão!

— Ótimo! — bradou, indo em direção à ponte de comando. — Que Netuno seja testemunha! Seremos os primeiros piratas deste planeta úmido a chegar em terra firme! Uma nova era nos espera, camaradas!

A nossa embarcação entrou em ebulição. Todos assumiram suas funções. Até o Capitão Benjamin entrou na dança. Menos eu. Dessa vez, eu não iria puxar nenhum cabo e não precisaria subir e descer de nenhum mastro. Não. Eu era o atual campeão do torneio de braço de ferro e tinha algumas boas horas de descanso, um banquete para desfrutar, novos livros para ler e uma cama para me esticar. Finalmente, depois de quatorze anos, teria uma noite dos deuses.

Nervoso, coloquei a chave no trinco, girei-a devagar e a porta se abriu.

A cabine era minha.

Entrei.

Só minha.

CAPÍTULO XI

UMA NOITE NA CABINE DO CAPITÃO BEN

A cabine do Capitão não era uma novidade para mim. Não que a conhecesse bem, longe disso. Mas, como você já sabe, uma das minhas funções no navio é arrumar, muito de vez em quando, toda a bagunça que ele faz. Eu entro, organizo algumas coisas e saio. Tudo muito rápido. Nunca tive a chance de prestar atenção nos detalhes. Mas, graças à minha última vitória, estava numa situação muito diferente. Não estava lá somente para ajeitar papéis cheios de cálculos, rabiscos e desenhos, muito menos para tirar o pó do globo terrestre apagado. Eu estava lá para passar uma noite inteira sozinho, tendo à minha disposição um monte de livros, para comer uma comida preparada especialmente para mim e, ainda por cima, para deitar numa cama pela primeira vez na vida.

Portanto, nada mais normal do que ficar ansioso, não é mesmo?

Pois eu estava ansioso. E muito! Tanto é que as minhas mãos não paravam de tremer.

Mesmo assim, eu consegui fechar a porta.

Girei mais uma vez a chave no trinco.

Clec!

E estava sozinho.

De repente, os sons do convés sumiram. Era como se eu tivesse entrado num mundo diferente, descolado da embarcação.

Dei alguns passos até a mesa de madeira maciça e aproximei meu rosto do globo terrestre. Certa vez, o Capitão me disse que aquele objeto era uma cópia muito pequenina do nosso planeta.

— Nem tente imaginar quantas vezes nosso mundo é maior do que isso, Emílio! É algo inimaginável!

O Capitão me explicou que nosso planeta faz parte de uma coisa chamada Sistema Solar, que ele faz um movimento ao redor de si e também ao redor do Sol. O primeiro movimento se chama *movimento de rotação*, e o segundo se chama *movimento de translação*. Um leva 24 horas para completar, e o outro leva 365 dias.

Antes das inundações, medir o tempo era algo muito importante. As pessoas, segundo me contam, tinham horário para tudo.

Quem também adora me falar sobre esses assuntos, principalmente quando o tema são as estrelas, é a Anne Olho Vivo.

Segundo nossa timoneira e navegadora, as estrelas são corpos celestes, que têm luz própria.

Ela disse que a luz que vemos saindo das estrelas do céu já partiu há milhares de anos, ou seja, estamos vendo algo no presente, mas que já aconteceu!

Maluco, né?

Colado na mesa, eu assoprei o globo terrestre, e uma porção de poeira misturou-se no ar. O pó invadiu minhas narinas, provocando uma coceira que resultou em três espirros fortes em sequência.

— Preciso vir aqui mais vezes — falei, coçando meu nariz.

O globo agora revelava um desenho. Era um desenho grande, de formato estranho, com várias partes menores dentro, como o cobertor do Pedro Mata Sete, que é cheio de retalhos.

— Á... Fri... ca. África! — disse, em voz alta.

Repeti o nome mais três vezes, para guardar direitinho na memória, em seguida, fui até a poltrona vermelha e me sentei. Sem nem perceber, já estava imitando o Capitão. Dei ordens para marinheiros imaginários, defini coordenadas imaginárias e cocei minha barba imaginária.

Depois da brincadeira, peguei a primeira folha de uma pilha de papéis e aproximei uma chama, para poder ver melhor o seu conteúdo. No papel, havia um desenho muito bonito do nosso navio, com os nomes de todas as nossas velas e também de todas as partes do Madda. No verso, estavam escritos os nomes de cada tripulante e suas respectivas funções.

Estavam todos lá. Pedro Mata Sete, Anne Olho Vivo, Beth Salva Almas, os irmãos Pisi, Louis Montparnasse, Nan e, por último, eu.

O meu nome era o único sublinhado.

Vai saber o motivo, né?

A mesa tinha três gavetas. Uma grande e outras duas menores. Primeiro, puxei a da ponta esquerda. Dentro dela havia apenas uma luneta pequena e dourada. Coloquei-a nos olhos.

— Deve estar quebrada — disse, em voz alta.

Devolvi a luneta no lugar e coloquei a mão no fundo da gaveta, para ver se encontrava mais alguma coisa, mas não encontrei nada.

Resolvi partir para a gaveta do lado oposto. Ela emperrou um pouco, mas fiz força, e ela se abriu. Dentro, havia uma caixa com algumas balas de revólver, uma lupa, a bússola reserva do Capitão e um papel enrolado por uma fita vermelha. Fiquei na dúvida se desmanchava o laço, afinal, o Ben não tinha falado nada de não mexer nas coisas dele. Ensaiei largá-lo algumas vezes, mas cedi à minha curiosidade. Desamarrei o nó com cuidado e abri o papel. Era mais um desenho do Capitão, só que, dessa vez, uma ilha.

— A Ilha de Tortuga — falei, baixinho.

O único local que não foi tomado pela água do oceano. Destino do único mapa desse mundo, o Mapa Uno. O objetivo de todo e qualquer pirata vivo. A ilha da salvação. O recomeço. A tão sonhada Ilha de Tortuga.

— Será que o Capitão já esteve lá?

A ilustração era maravilhosa e mostrava a ilha toda de cima, com sua mata verde escura espalhada por toda a parte e uma linda praia de areia clara, cortada por duas pequenas rochas que mais pareciam patas de um animal.

— Ei! — exclamei, franzindo a testa. — Essa ilha tem o formato de uma tartaruga. O corpo, a cabeça e o casco! É igualzinho!

Fiquei alguns minutos olhando para todos os detalhes daquele desenho. Até hoje, eu só ouvira falar da ilha de Tortuga, mas nunca tinha visto como ela era de verdade.

— Então essa é a ilha — disse, me levantando. — Ela é linda! Tomara que as coordenadas trazidas pelo Dafoe nos levem até uma ilha ainda mais bonita — concluí, e imediatamente pensei que estava sozinho há apenas alguns minutos e já estava falando sozinho. — Emílio! Como você pode ter esquecido?

O conteúdo da mesa havia me distraído tanto que eu ainda não havia deitado na cama.

Imediatamente, dei um salto e caí com tudo em cima da cama.

Eu juro que queria te passar, através dessas palavras, a sensação exata que foi deitar meu corpo naquele colchão. Eu podia esticar as pernas, podia virar para os lados sem dificuldade, podia descansar a cabeça no travesseiro, deixar o colchão me envolver, e o melhor: não precisaria escutar os roncos dos meus companheiros de convés. Eu, finalmente, dormiria tendo apenas o silêncio como meu companheiro. Ao menos naquela noite.

Eu estava em êxtase!

Demorei-me um bom tempo na cama, e por pouco não fiquei deitado até o dia seguinte. Mas eu ainda tinha duas coisas importantes para fazer. Primeiro, eu queria abrir a gaveta do meio e, segundo, queria vasculhar os livros do Capitão. Eu não via a hora de conhecer uma nova história, com novos personagens, novas tramas e novas reviravoltas.

Levantei-me e escolhi ir direto para a gaveta. No entanto, diferentemente das outras, ela estava trancada.

O que há de tão importante dentro dela? Por que o Capitão trancaria essa gaveta?

Aquele mistério me deixou ainda mais agitado. Tentei forçar o trinco uma porção de vezes, balancei, puxei e nada, até que me dei por vencido e resolvi ir até a biblioteca do Capitão.

Os livros ficavam num armário fechado por duas portas com vidro e, diferentemente da gaveta principal, elas não estavam trancadas. O cheiro dos livros me transportou imediatamente para um outro universo.

Se você tem um livro com você, peço que você o cheire. Isso mesmo! Cheire o livro! As páginas! Cheirou? Não tem nada mais gostoso do que o cheiro de um livro!

Eu estava mais nervoso do que no momento em que fiquei cara a cara com o Leviatã.

— Qual escolher? Qual escolher???

As opções eram muitas, mas um título acabou me chamando atenção:

— *A Ilha do Tesouro*, de Robert Louis Stevenson.

A capa era escura, com o nome do livro cravado em dourado. Abri as primeiras folhas, li as primeiras frases e já estava fisgado. Não sei por qual motivo, mas me senti rapidamente ligado ao personagem principal, um garoto chamado Jim Hawkins.

Fiquei com o livro nas mãos, mas não estava satisfeito. Queria ao menos mais um. Na ponta dos pés, interessei-me por outro livro, que estava na estante mais alta. Ele se chamava *Vinte Mil Léguas Submarinas*, e o autor era um tal de Júlio Verne. Meus dedos estavam quase encostando na capa dura, mas, sem querer, ao invés do livro, acabei esbarrando em outra coisa.

— Uma chave!

Com um pouco mais de esforço, consegui alcançá-la.

— Deve ser a chave da gaveta!

Correndo, abandonei o Júlio Verne, fui até a mesa e enfiei a chave no trinco.

Bingo!

Ela girou, e a gaveta veio pra frente.

De repente, senti uma coisa estranha. Uma sensação de que havia sido suspenso do chão, junto de um arrepio, que passeou por todo o meu corpo.

Repousando no centro da gaveta, havia uma faca. Lentamente, tomando muito cuidado, retirei-a dali e, com as duas mãos, como se estivesse segurando um recém-nascido, fiquei observando seus detalhes. Novamente, senti meu corpo flutuar e arrepiar-se inteiro. O cabo era curto e feito de metal, com uma caveira esculpida na ponta. A lâmina estava coberta por uma capa, também de metal, com duas pequenas pedras vermelhas de cada lado.

Justamente quando fui retirá-la, escutei alguém batendo na porta.

Era o Capitão.

— Sandokan, só passei para ver se estava tudo certo. Daqui a pouco, o Louis traz a sua comida. Como estão as coisas aí dentro? Aproveitando?

Meu coração disparou. Se o Capitão tivesse uma segunda chave, me pegaria segurando aquela faca misteriosa.

Eu tremia como se estivesse ensopado de água gelada.

Uma pequena parte da lâmina refletiu um brilho enfeitiçador, como se estivesse me dizendo para retirá-la daquela proteção. Libertá-la daquela gaveta.

— Emílio? — perguntou Benjamin, ainda do lado de fora.

— Está tudo bem, senhor! Eu me distraí com um livro! — disse, torcendo para que o Capitão acreditasse na minha resposta.

— Ah! Já está usufruindo da minha singela biblioteca?

Ufa!

— Já! Estou lendo um livro chamado *A Ilha do Tesouro*.

— Robert Louis Stevenson! Ótima escolha, garoto! Ótima! É um dos meus favoritos! Esse e o...

— *Moby Dick*!

— Exatamente — respondeu, gargalhando. — Você já conhece meus gostos, não é mesmo?

— Conheço sim, Capitão.

— Bom, continue aproveitando, Emílio. Você mereceu. Mas não vá achando que ficará aí para sempre, hein? Essa é a cabine do Capitão Benjamin, o Corajoso! — seguiu e deu mais uma gargalhada. — Amanhã, logo que o Sol raiar, venho te acordar! Até já, marujo!

Quando os passos do Capitão sumiram de vez, caí sentado na poltrona, com a faca misteriosa nas mãos.

Eu estava fascinado, como se já a tivesse segurado antes. Como se ela fosse minha.

Ainda bastante nervoso e intrigado, retirei a proteção que envolvia a lâmina.

— Eu nunca vi um fio de corte tão fino como esse — disse, com os olhos enfeitiçados.

Eu conheço vários tipos e tamanhos de faca. Todo pirata tem pelo menos uma. Mas aquilo certamente era algo diferente. Ela tinha personalidade própria. Era como se ela estivesse me agradecendo por ter sido descoberta.

Passei então a fazer alguns movimentos, cortando o ar devagar. Para um lado e para o outro. Para cima e para baixo. Depois, fui aumentando a velocidade. Na minha cabeça, estava lutando contra o Barba Negra.

Logo, eu e a faca viramos um só. Sua ponta tornou-se a extensão do meu braço. Não sabia se a faca me dominava ou se eu dominava a faca. De repente, a lâmina começou a brilhar. Mas não era um brilho comum. Era um brilho azulado, que passou a envolvê-la por inteiro. A força azulada e brilhante fez meus dedos pressionarem o cabo com bastante força.

Nesse momento, senti um tranco e escutei um trovão. A energia foi ficando mais intensa, e a faca mais pesada. O cabo queimava e congelava a minha mão, ao mesmo tempo.

De repente, o Madda começou a balançar de um lado e de outro. Escutei alguns gritos dos marujos no convés. Eles pareciam assustados.

— Uma tormenta? — perguntei para mim mesmo, tentando me apoiar na mesa.

Mas eu sabia que aquilo tinha alguma coisa a ver com aquela faca. Tentei largá-la de todos os jeitos, mas não consegui. Ela estava presa a mim.

Da pequena janela, consegui ver o céu escuro, cheio de nuvens carregadas.

Os raios iluminavam o céu e atingiam o mar revolto.

Naquele momento, minha mão era só luz azul. Mal dava para ver meus dedos ou mesmo a lâmina. A energia foi jogando meu braço na direção do chão, e foi aí que minhas pernas fraquejaram. Só que, antes de perder a consciência, o navio tomou um segundo tranco, que me jogou violentamente contra a parede. Do nada, como se tudo aquilo tivesse sido um sonho, a oscilação parou, os trovões sumiram, e o barco voltou a navegar tranquilamente. Caído, olhei para a janela. A tempestade tinha sumido, e a faca também.

— Onde ela foi parar?

Do convés, escutei passos fortes na direção da porta.

— Sandokan! Sandokan! Abra! Você está bem? Me responda! — perguntou o Capitão, mexendo na maçaneta com violência.

A lâmina estava cravada no chão ao lado da cama. Corri em sua direção, retirei-a com alguma dificuldade e, com um medo enorme daquilo começar a brilhar novamente, a coloquei de volta na proteção e joguei dentro da gaveta. Rodei a chave e voei até o armário onde ficavam os livros.

— Estou indo, Capitão!

— Você está machucado? — perguntou do lado de fora, ainda tentando forçar a maçaneta.

Coloquei a chave no lugar, fechei o armário e, finalmente, destranquei a porta.

O Capitão estava branco.

— Você está bem, Emílio?

— O que foi isso, Capitão?

— Não sei! Foi tudo muito de repente! Parecia algo sobrenatural! O céu estava limpo, e o mar tranquilo! Estávamos vendo o Louis recitar um poema maravilhoso e, num piscar de olhos, estávamos sendo jogados para cima e para baixo.

— E alguém se feriu? — perguntei, sendo martelado pela palavra sobrenatural.

— Perdemos uma ou outra garrafa de rum, mas foi só.

— Quero dizer da nossa tripulação, Capitão.

— Ah! É claro! Não. Ninguém se feriu. E você?

Fiquei na dúvida se o Capitão queria que contasse sobre a faca mágica, mas achei melhor não falar nada.

— Estou bem, Capitão. Só bati a cabeça na parede, mas não vai ficar um galo.

— Ótimo! Acho que a tormenta não vai voltar, mas, em todo caso, estaremos de olho. Enquanto isso, você pode seguir com a sua noite aqui na cabine.

— Obrigado! Também ficarei em alerta.

Novamente sozinho, sentei-me na cama e comecei a repassar tudo o que havia acontecido. Eu não tinha nenhuma dúvida de que aquela energia azul tinha dado início à tempestade.

Dez minutos depois, o Louis chegou com o meu jantar. Ele havia feito cinco sardinhas assadas.

— Eu não coloquei nada para acompanhar os peixes — falou Montparnasse. — Da pilhagem, conseguimos salvar algumas coisas, mas muitas estão estragadas. Espero que meus temperos compensem — concluiu, um pouco entristecido.

— Está maravilhoso! Obrigado, Louis.

— Você merece, *garçon*. Vou te deixar sozinho — concluiu e fechou a porta.

Comi tudo com calma, aproveitando cada mordida. Aquela refeição poderia ter sido a mais gostosa de toda a minha vida, acontece que senti falta dos meus companheiros. Do bate-papo, das histórias e até das brigas pelos últimos pedaços de comida. Não estava acostumado a comer sozinho.

Alimentado, sentei-me na cama, ajeitei o travesseiro, estiquei bem as pernas e peguei o livro *A Ilha do Tesouro*.

Eu, definitivamente, precisava de uma distração!

— "Parte um. O Velho Bucaneiro" — li, em voz alta.

O Capitão tinha razão. A história era incrível! O autor deve ter passado anos em alto-mar e conhecido muitos piratas de verdade, para ter escrito algo tão fiel.

Eu já estava na metade, quando as minhas pálpebras começaram a pesar. O sono estava pedindo passagem. Deixei o livro no chão, apaguei as velas e me deitei. Seria a minha primeira noite de sono esticado numa cama.

Dormi tão pesado que nem me lembro de ter sonhado.

E, assim, minha primeira noite na cabine do Capitão encerrou-se.

Eu já estava de olhos abertos quando os primeiros raios de Sol atravessaram a janela.

Era manhã.

Escutei passos leves se aproximando.

Toc toc!

— Sandokan? Hora de acordar, marujo.

Esfreguei os olhos, dei um bocejo forte, me estiquei mais um pouco e, mesmo não querendo, levantei-me da cama.

Adeus, cabine amiga.

Girei a chave no trinco e abri a porta. O Capitão estava na minha frente, com o braço apoiado na parede. Seu sorriso era largo e o buraco entre os seus dentes mais ainda.

— Anne Olho Vivo precisa da sua ajuda, Emílio.

— Pode deixar, Capitão — respondi, esfregando os olhos mais uma vez.

— Como passou a noite?

— Muito bem — respondi, com um dos pés no degrau da escada.

— Que bom — disse, mexendo na barba. — E mais nada? Não tem mais nada para contar?

Engoli seco. A imagem da faca com a energia azulada tomou a minha mente.

— Não. Acho que não.

— Muito bem. E gostou de passar a noite na minha cabine?

— Sim — respondi. — Foi... definitivamente... uma noite... cheia de surpresas — disse, tentando controlar meu nervosismo. — Até já, Capitão! E, mais uma vez, obrigado! — concluí, deixando-o sozinho e segui para o tombadilho.

Agora eu era um pirata cheio de segredos, e algo me dizia que Capitão também era.

CAPÍTULO XII

ÁGUAS CRISTALINAS, TRISTES REVELAÇÕES

Muitos sóis nasceram, ou, retomando o aprendizado do Capitão, muitos movimentos de rotação foram feitos pela Terra, sem que coisa alguma acontecesse em nosso percurso.

Navegamos baseados nas recém-adquiridas coordenadas sem nenhum imprevisto, sobre águas calmas e vento favorável, desempenhando nossas obrigações da melhor maneira possível.

Eu segui escondendo do Capitão o que havia descoberto em sua cabine, e ele, por sua vez, não tornou a bisbilhotar. Dafoe continuou me chamando ao pé do ouvido de Capitão toda vez que passava por mim, e eu permaneci com a imagem da faca mágica na minha cabeça.

Ou seja, tirando que eu andava mais elétrico do que um poraquê, nada de importante sucedeu.

Para ser honesto, de vez em quando, éramos tomados por um entusiasmo súbito, quando colocávamos na cabeça que estávamos muito próximos da tão sonhada terra firme. Foi muito comum, durante esse período, sermos convocados às pressas para o convés, porque um tripulante, no topo do mastro, jurava de pé junto que tinha visto alguma coisa no horizonte.

Nem preciso dizer que nunca vimos nada além de água, não é mesmo?

A verdade era que o Madda, com todas as suas velas desfraldadas, avançava pela imensidão do mar sem chegar a lugar nenhum, e o entusiasmo que acabei de relatar, que surgia sem muitas explicações, era rapidamente substituído por dúvidas e insatisfações.

Quando o Capitão percebia essa mudança no estado de espírito da sua tropa, ele não só ficava uma fera, como tratava de nos mandar fazer as coisas mais absurdas.

Eu perdi a conta de quantas vezes esfreguei o convés sem necessidade!

Mesmo fazendo tudo a contragosto, eu sabia que aquela era a sua maneira de manter todo mundo ocupado. Sabia que aquilo era uma tentativa de não dar espaço para que a frustração tomasse conta dos nossos pensamentos. Ele estava apenas desempenhando seu papel de líder, mantendo-nos atarefados, mesmo sabendo que o amaldiçoávamos pelas costas.

Tudo continuava igual, sem muitas novidades, até que, um dia, navegando sobre as águas mais cristalinas que eu já havia visto na vida, Pedro Mata Sete gritou, do alto do mastro principal:

— Não pode ser!

Acostumados com aqueles chamados assustados, mas que nunca davam em nada, nenhum tripulante deu bola ou parou seus afazeres. Eu estava na cozinha, ao lado de Montparnasse, e, mesmo escutando as exclamações do nosso contramestre, permanecemos montando as iscas que, tão logo, seriam jogadas no mar.

— Venham ver, marujos! Vocês não vão acreditar! Por todas as garrafas de rum! Vocês precisam ver isso! — seguia Mata Sete.

— Não ligue pra ele, *chère*. Desde que você foi campeão, ele só quer chamar atenção — disse Louis. — Só faltam duas e...

— Por tudo o que é mais sagrado! Pelo meu bigode! — insistiu o contramestre.

— Ele disse "pelo meu bigode?" — perguntei, espantado.

— Foi o que ouvi — respondeu o cozinheiro.

Voamos até o convés.

O Pedro Mata Sete já tinha jurado por tudo; agora, jurar pelo seu bigode era a primeira vez.

Tinha de ser algo muito sério.

Todos os outros piratas se reuniram ao redor do mastro.

O Capitão Benjamin foi o último a chegar.

— O que raios você está dizendo, contramestre? Por que essa gritaria toda?

— Olhem para o mar! — respondeu ele. — Agora! Vejam o que a água cristalina nos revela!

Eu preciso te confessar que, neste exato momento em que preencho esta página, sinto um calafrio de tremer os dentes, só de recordar a cena que vou lhe relatar a seguir.

Companheira ou companheiro de viagem: aquela água cristalina, de tons esverdeados, exibia nada mais, nada menos, do que uma cidade submersa!

Não estou inventando... juro!

Nosso navio estava passando por cima de uma cidade afogada!

Durante toda a minha vida, eu só havia visto traços de nossa antiga civilização nos meus livros. Agora, eles estavam bem na minha frente, quietos e adormecidos, nas profundezas do oceano.

Imediatamente, nos debruçamos no costado do navio, completamente enfeitiçados por aquela visão tenebrosa.

Nenhum de nós soltou um pio.

Primeiro, a poucos pés de distância, vimos o que parecia ser uma escada enorme, que não chegava a lugar nenhum, completamente submersa, como se ela tivesse sido construída para os deuses do mar. Ao seu lado, havia um forte de pedra, igualmente submerso, com uma grande porta em forma de arco no centro, cheia de desenhos em volta. A fortificação era comprida, e, tirando uma parte na lateral, sua cobertura estava quase toda destruída.

Um pouco à frente, com apenas dois andares para fora da água, uma estrutura quadrada, cheia de janelas e quase sem cobertura, teimava em resistir.

Antigamente, as pessoas moravam ou trabalhavam em locais como esse.

A fachada, que provavelmente devia dar para uma rua, estava bastante destruída. Na lateral esquerda, parte mais conservada de todas, dava para ver um pouco de vegetação saindo pelo teto.

A trezentos pés de distância do que restava do prédio, avistamos uma torre de tijolos claros, praticamente intacta, quase toda para fora do mar, com um telhado pontudo um pouco mais escuro e uma cruz cravada no seu topo.

— Uma igreja — disse Anne Olho Vivo.

Imponente, a torre parecia alheia ao que havia acontecido a sua volta, como se o mundo sempre tivesse sido daquele jeito.

— A torre do sino — emendou Beth Salva Almas.

Dentro do telhado pontudo, realmente dava para ver o tal sino, e, logo abaixo dele, três janelas compridas destacavam-se. Na metade da torre, um relógio marcava as horas.

— Deve ter parado logo após a última inundação — falou Alama.

Observar aquilo tudo, aqueles fantasmas em forma de pedra e concreto, me fez sentir um vazio que eu nunca tinha experimentado antes.

Era a primeira vez que estava vendo algo que havia feito parte de um mundo que não conheci e que jamais conheceria, mas com o qual, ainda assim, me sentia tão conectado.

Chorei.

E não fui o único.

Um pouco distante da torre, escutamos o sino balançar.

— O vento — afirmou Francisco Dafoe.

— É um mau presságio — completou Mata Sete.

Enquanto isso, embalados por aquele som fúnebre, que foi ficando cada vez mais distante, o Madda seguiu seu percurso.

O Capitão foi até o leme e virou a nau para a esquerda, na tentativa de nos tirar daquele cemitério debaixo d`água, mas, sem querer, acabou nos jogando para uma sequência interminável de escombros de todos os tipos, formas e tamanhos. Alguns com o topo para fora do mar e outros plenamente imersos.

Era uma cidade inteira em ruínas e tomada pela água.

A tortura parecia não ter fim. Foi apavorante.

Aos poucos, o Sol foi se pondo, o entorno virou escuridão, e já não foi possível ver coisa alguma.

Já longe do local, resolvemos ancorar o navio.

Estava claro que o momento pedia uma pausa.

Naquele dia, o Capitão não pediu nenhuma tarefa, e, mesmo se tivesse pedido, não teríamos condições para tal.

Estimada ou estimado tripulante, terei de interromper momentaneamente o relato. Está bem difícil reviver tudo aquilo e, sendo verdadeiro como sempre fui desde a primeira linha, admito que esse talvez tenha sido o pior dia de toda a minha vida.

* * *

Agradeço pelo tempo.

Aqui, retomo a narrativa para lhe contar que os dias seguintes não foram nada fáceis.

Recuperados e um pouco mais animados após testemunhar as ruínas daquela cidade submersa, desancoramos o navio na esperança de tempos melhores, mas, infelizmente, a maré não estava a nosso favor, definitivamente. Nem a experiência do Capitão Benjamin e a esperteza de Anne Olho Vivo foram suficientes para nos tirar de uma área cheia de ondas violentas e mar nada amistoso. Pra piorar, a chuva que nos acompanhou durante um bocado de tempo acabou virando uma tempestade, daquelas de balançar até o espírito!

Uma das piores coisas da vida em alto-mar é ficar o tempo inteiro encharcado!

Foram momentos angustiantes, de muita concentração e trabalho em equipe.

Não foi a primeira tormenta que enfrentamos, e certamente não será a última, mas, em momentos como esse, eu sempre sinto um temor profundo de que qualquer coisa pode acontecer.

Por exemplo: o vento e a chuva torrencial podem destruir a vela principal, o balançar constante pode detonar a quilha — *que é a espinha dorsal do navio* —, uma onda pode abrir um rombo no casco e deixar o navio vulnerável a inundações, uma rajada pode tombar-nos para qualquer lado, a tripulação inteira pode cair no mar, e uma série de outras coisas podem ocorrer. Se ficasse aqui escrevendo, teria uma página inteira de situações preocupantes.

Mas, para a nossa sorte, nada disso aconteceu.

Depois do dia mais complicado, quando por pouco não perdemos a giba, a bujarrona e as velas do gurupé por causa de uma onda, o céu voltou a ficar aberto, e o Sol apareceu. Exaustos, até nos esquecemos de que estávamos à procura de terra firme e, aproveitando o mar calmo, nos revezamos em turnos, para que cada tripulante tivesse um tempo para descansar.

O Nan fez o possível para consertar todo o estrago que a tempestade havia deixado no Madda, e seguimos nossa busca interminável por um futuro mais firme e menos molhado.

* * *

Numa noite de Lua cheia, eu e o Louis Montparnasse resolvemos jogar todas as nossas iscas no mar.

Eu estava fazendo iscas quando o Mata Sete nos chamou no convés, lembra? E imagino que esteja perguntando o que a Lua tem a ver com a pesca. Correto?

Explico:

A Lua cheia deixa os peixes mais famintos e mais elétricos, e a possibilidade de virem para a superfície aumenta nossas chances de fisgá-los.

Entendeu?

Para a alegria do mestre-cuca e de todos nós, as redes voltaram cheias de peixes.

— Nós sempre comemos lá embaixo e nunca apreciamos comer ao ar livre — disse. — Eu adorava comer olhando para as estrelas — finalizou, levando a mesa que um dia serviu para a batalha de braço de ferro até a meia-nau. — Aqui está *parfait*!

Foi um jantar delicioso.

Louis declamou alguns textos em sua língua natal, Beth e Anne cantaram uma canção que homenageava nossos ancestrais, e os irmãos Pisi fizeram o famoso "haka", que é uma dança típica de Samoa, que servia tanto para intimidar os adversários, quanto para dar boas-vindas aos novos visitantes.

Todos estavam muito espirituosos, menos o Capitão, que nos últimos dias andava muito estranho.

— O Capitão está nervoso — afirmou Pedro Mata Sete. — Viram como ele anda ultimamente?

— Eu o escutei resmungando que já devíamos ter chegado — comentou Alama.

— Olha lá — disse Jimmy. — Já virou e revirou aquele pedaço de pano umas mil vezes. — Há dias que não dorme e não sai do tombadilho. Não tirou as mãos do leme uma vez sequer.

— Não sei — cochichou Mata Sete. — Acho que aquele rato de fossa inventou toda a história de terra firme para continuar vivo, e o Benjamin se deu conta disso. Esse Dafoe é um mentiroso! Nunca confiei nele.

— Esse camarada de olho de vidro vai ver só. Venham comigo — ordenou Alama.

O gigante samoano foi acompanhado pelos demais. Dafoe estava sentado sozinho, tirando alguns pedaços de peixe de uma espinha com os dentes, quando foi cercado por Alama, Jimmy e Pedro Mata Sete.

— Como é, ratazana? Confesse — disse Alama, colocando as mãos no ombro do pirata de barba ruiva. — Pode confessar!

— Confessar o quê? — respondeu.

— Que essa história de mapa é uma mentira! — acrescentou Jimmy, tocando no ombro oposto.

— Acreditem ou não, esse mapa é a única salvação que nós temos — falou Francisco. — E eu dei de presente para vocês, seus ingratos — completou, tentando levantar-se, sendo impedido pelos irmãos de Samoa. — Somente eu sei a parte que está faltando! Se eu tivesse falado, vocês me matariam. É fato! Eu só estava protegendo a minha pele.

— Mentira! Você foi salvo pelo garoto daquela vez, mas não vai ser salvo novamente — ameaçou o contramestre.

— O que estão fazendo? — eu perguntei, irritado.

— Fica na sua, Sandokan! Os adultos estão conversando! — falou Alama.

— O Capitão não vai gostar nada disso! — retruquei.

— O Capitão já desistiu faz tempo! — falou Jimmy. — Eu acho que ele enlouqueceu!

— Como você ousa falar uma coisa dessa? — indagou Beth Salva Almas. — Ele nunca desistiria!

— Pedro! Alama! Jimmy! Deixem-no em paz! — gritou Anne. — Deixem de idiotice. Como segunda no comando, ordeno que larguem o tripulante!

— Vocês não entendem? Esse traste mentiu para todos nós! Aquele mapa é uma invenção da cabeça dele! Não existe coordenada nenhuma! Nós nunca vamos pisar em terra firme! Nunca! — berrou Mata Sete.

— *Mon Dieu! Arrête ça!* Parem com isso! — falou Montparnasse.

— Tudo o que ele diz é mentira! Ele nunca encontrou o Barba Negra! É mais uma de suas histórias inventadas — disse Jimmy.

— Você não sabe o que está falando! — revidou Dafoe, vermelho de raiva, ainda sem conseguir se levantar. — Eu vi o Barba Negra com meus próprios olhos!

— Com um olho só, você quer dizer — disse o contramestre, dando uma gargalhada.

— Vocês, ratos, ainda vão me agradecer! Quando chegarmos em terra firme, vocês vão lamber as minhas botas!

— Se o Barba Negra atacou o seu navio, por que diabos ele deixaria toda aquela comida? Eu aposto que você matou toda a sua tripulação e inventou o resto!

— E por que você acha que eles precisam de comida, seu idiota? — perguntou Dafoe, fumegando de ódio. — Desde quando almas penadas precisam comer?

— O que você disse? Almas penadas? — indagou Anne Olho Vivo.

— Sim! Eles são amaldiçoados! Eles já não fazem parte deste mundo — respondeu.

— Chega! — berrou Alama Pisi. — Ninguém aguenta suas histórias!

— O que você quis dizer com "não fazem mais parte deste mundo"? — insistiu a navegadora.

— Larguem ele! — gritei. — Capitão! Capitão!

Os três piratas, ensandecidos, ergueram o novo tripulante e o colocaram de pé na amurada. Nan tentou impedi-los, mas foi empurrado na direção do chão.

— Vocês não podem me jogar no mar! Vocês não podem fazer isso! Só eu sei a parte que está faltando no mapa! As coordenadas estão na minha cabeça! Estão loucos? Nós estamos perto! Acreditem em mim! Estamos perto! Eu prometo que, se me deixarem vivo, eu falo para o Capitão as últimas coordenadas! Prometo!

— Você vai virar comida de tubarão, seu mentiroso! — disse Jimmy.

— Capitão? Por que você não faz nada? — gritei em sua direção, mas o pirata seguia virando o leme, sem tirar o olhar do pedaço de pano.

— Mande um olá para o Davy Jones, ratazana! — disse Alama.

— Jogue logo esse mentiroso! — exclamou Mata Sete.

Os pés do pirata bailavam no ar. Sua queda era certa.

O sol, vermelho, tinha acabado de nascer.

— Capitão! Você não pode permitir isso! — tentei uma vez mais, sem obter resposta.

Só que, antes do pobre coitado ser largado no mar, algo aconteceu.

Um pássaro.

É isso mesmo, amiga ou amigo navegante!

Um pássaro pousou no mastro principal, bem em cima de nossa bandeira.

O bicho, alheio a tudo e a todos, tranquilo à sua maneira, ficou parado, olhando para os lados com rapidez, e saltou para o mastro do traquete.

Todos nós ficamos boquiabertos, tentando nos convencer de que aquele animal alado não era uma miragem, enquanto acompanhávamos aquele voo divinal.

Era a primeira vez que eu estava vendo um pássaro de verdade.

Ainda com as pernas balançando no ar, Francisco Dafoe soltou uma gargalhada forte e bradou a plenos pulmões:

— É uma gaivota! Por todas as garrafas de rum! É uma gaivota! Acreditam em mim agora, seus ratos? Eu disse! Nós estamos chegando! Nós estamos chegando! Finalmente! Estamos chegando!

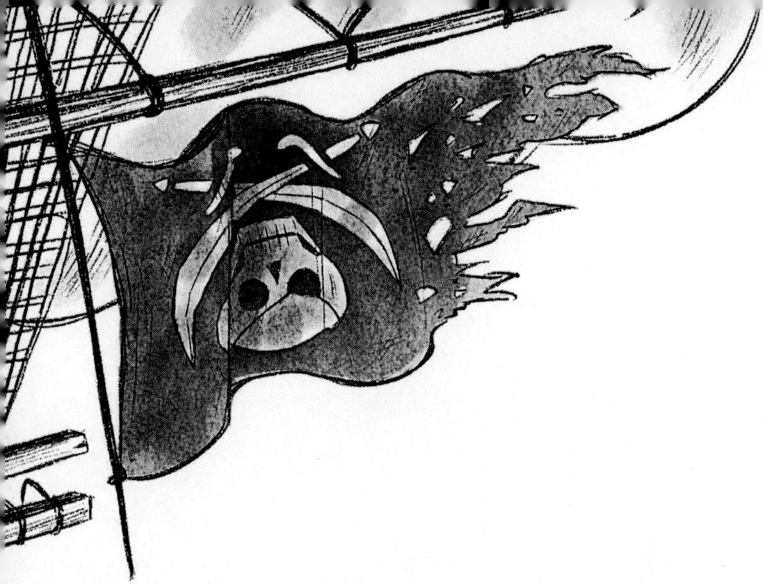

CAPÍTULO XIII

PRÓXIMOS DA COSTA, PERTO DO INFERNO

A gaivota, percebendo que tinha um público suspirando por todos os seus movimentos, resolveu fazer graça e ficou pulando de mastro em mastro, ora no traquete, ora no principal, ora no mezena. Deu um rasante lindíssimo, quase raspou suas asas na vela mestra e, depois, pousou na proa, como se aquilo fosse parte de sua rotina.

O Capitão, talvez trazido de volta por aquele pássaro, finalmente largou o leme e ordenou, sem subir o tom para não afugentar o animal, que os irmãos Pisi colocassem Francisco Dafoe de volta no convés.

Aquela presença era tão mágica, tão fora da realidade, que nos juntamos na meia-nau e, como se estivéssemos observando um fantasma, a cada passo que a criatura dava em nossa direção, recuávamos um pouco. Era uma mistura de fascínio e temor.

Ali, naquele movimento engraçado, ao lado de minhas companheiras e companheiros de viagem, pensei que era muito possível que aquela ave branca, com asas pretas e bico amarelo, estivesse vendo seres humanos pela primeira vez.

A gaivota, cuja imagem jamais esquecerei enquanto estiver vivo, soltou um som magnífico, ritmado e agudo, que nos fez saltar do chão de susto e, logo em seguida, abriu as asas e voou na direção do mar. Mas a apresentação de suas habilidades não havia acabado ainda. Ela mergulhou no oceano, tempo suficiente para corrermos até o costado, e saiu com um peixe no bico, provando o quão insignificantes podíamos ser frente à força da natureza. Com poucas batidas de asa, o pássaro ganhou altura, deu duas voltas ao redor do navio, passou pelo gurupés em alta velocidade e seguiu sua rota.

— Dafoe! — gritou o Capitão. — Quero você comigo no tombadilho. Imediatamente!

— Sim, senhor Capitão, quer dizer, Benjamin, o Corajoso!

— Poupe-me de seus elogios falsos! Agora é a sua hora de salvar-se. Ou você me conta agora o que está faltando no mapa ou corto sua garganta aqui mesmo!

O pirata não titubeou e prontamente colocou-se ao lado do Capitão. Os dois subiram as escadas, com Dafoe cochichando em seu ouvido. O gatuno apontou para a frente e fez gestos exagerados com as mãos, enquanto Benjamin ia manejando o leme.

— Mata Sete! — gritou nosso líder. — Suba!

O contramestre juntou-se aos dois, escutou algumas coisas do Capitão, virou em nossa direção e disse:

— Muito bem, piratas! A hora chegou! Esse velho e cansado navio precisa de mais força! Desçam até a última coberta e peguem os remos! Marujos, vamos aproveitar o vento a nordeste! Nós estamos chegando!

Conforme o ordenado, fomos até a segunda coberta e começamos a remar, com o máximo de energia.

— Continuem remando, piratas! — gritou Pedro Mata Sete. — A qualquer momento, afundaremos os nossos pés na areia! Continuem! Continuem!

A ânsia foi tão grande que podíamos ficar um dia inteiro fazendo aqueles movimentos.

Mas não foi necessário.

O grito libertador veio da boca do Capitão Benjamin.

— Terra à vista! Terra à vista!

Largamos os remos e logo estávamos de volta ao convés. Corremos até a popa, e foi aí que, ainda bem distante, vimos algo emergir do mar.

— Uma ilha! — gritou Beth Salva Almas.

— Por todos os peixes e por todas as garrafas de rum! Marujos, se aquilo não for fruto de uma insolação coletiva... — disse Jimmy.

— ... estamos muito próximos de pisarmos em terra firme — completou Alama.

Do alto do tombadilho, com sua luneta apontada na direção da ilha, Benjamin disse:

— Eu estava certo, cães do mar! Meus sentidos não falharam! Sei que muitos de vocês acharam que eu havia enlouquecido, mas não! Não! Era a loucura da certeza! A insanidade da convicção! Terra firme, piratas! Terra firme!

Saudamos seu discurso com urras de alegria.

Enquanto o Madda seguia sendo empurrado pelo vento, que também parecia feliz com a nossa conquista, nos abraçamos, berramos, agradecemos, cantamos e choramos. Os irmãos Pisi e Mata Sete esqueceram-se das desavenças com Francisco Dafoe que, de condenado, transformou-se rapidamente em salvador, e a tão sonhada chegada estava próxima de acontecer.

Mas, como você já sabe, alegria de pirata evapora mais rápido do que água fervendo no fogo.

Tão próximos do nosso desejo, um imenso navio surgiu no horizonte.

— Capitão! — gritou Anne Olho Vivo. — Barco à vista!

Benjamin correu até a popa, pegou sua luneta e apontou na direção do navio.

Eu, sem conseguir segurar minha curiosidade e aflição, segui seus passos e postei-me ao seu lado.

— Nunca vi algo tão veloz — disse. — Emílio, corra até minha cabine. Pegue o meu mosquete e meu *musketoon*. Agora!

— Mas...

— Imediatamente!

Os olhos do Capitão estavam esbugalhados, e seu rosto ficou pálido. Um pingo de suor escorreu da sua testa, percorreu todo o seu nariz e morreu no chão.

Eu estava pronto para cumprir sua ordem, quando ele me puxou pelo braço e falou baixinho em meu ouvido.

— Eu sei que você a encontrou.

— Encontrei? O que você...

— A faca, Sandokan! A faca mágica!

— Mas eu não sei de faca nenhuma! Eu...

— Não se faça de bobo, marujo! Você a encontrou! O destino está escrito! Eu vi! Ela não pode cair em mãos erradas! De jeito nenhum!

— Eu...

— Não tenha medo, Emílio! Ela foi feita para você e para você somente! Eu sei disso! Eu sei desde a primeira vez que encostei nela.

— Mas como?

— Eu tive uma visão! Eu vi você mais velho! Numa ilha, Emílio! Com a faca presa na cintura. Que imagem! — falou e, na sequência, soltou uma gargalhada nervosa. — Você é o escolhido! Eu sei! Eu sei! A faca precisa ser sua! Não deixe que ninguém a encontre! Vá!

Ainda confuso e com as pernas bambas, saí correndo na direção da cabine, enquanto os outros piratas aguardavam as ordens do Capitão.

— Muito bem, cães do mar! Chegou a hora de provar que somos destemidos! Quem se aproxima é nada mais, nada menos do que o terrível Barba Negra, com sua *Queen's Anne Revenge*!

— Meu filho! — interrompeu Anne Olho Vivo.

— É ele! É ele! — gritou Francisco Dafoe, como se estivesse vendo uma assombração.

— Pela velocidade do magnífico navio, seremos atacados antes de chegarmos na ilha! — continuou o Capitão. — Portanto, ratos desse mar imenso, quero todos armados até os dentes! Usem tudo o que puderem! Jimmy! Alama! Para os canhões! Nós não esperamos tantos anos para morrermos a poucas milhas do nosso objetivo!

Dentro da cabine, consegui escutar os gritos enérgicos da tripulação. Eu precisava me juntar a eles o mais rápido possível, portanto, fui direto até o armário com livros, peguei a chave e abri a gaveta central. A faca estava lá, exatamente do jeito que eu a havia deixado.

— Da última vez que eu encostei em você, criamos uma tempestade. Seja gentil agora...

Respirei fundo, fechei os olhos e encostei meus dedos no metal.

— Ufa. Nenhum barulho — disse.

Um pouco mais confiante, abri os olhos e trouxe-a para perto de mim. Ela parecia mais brilhosa do que da primeira vez. Depois, num gesto mecânico e lento, a coloquei dentro do bolso da minha calça surrada.

— Nada de energia azul. Nada de tempestade.

Em seguida, peguei o *musketoon* que estava em cima da mesa e o mosquete que estava pendurado na parede atrás da porta e corri de volta para o convés.

Todos os piratas estavam em posição de defesa. O Capitão, no tombadilho, apontava sua luneta na direção do navio inimigo.

— Ele está se aproximando! — gritou Montparnasse, do alto do mastro principal. — É questão de tempo!

— Aqui estão as armas, Capitão — disse.

— Obrigado, marujo. Ela está com você? — perguntou, franzindo a testa. — Está segura?

— Sim. Ela está comigo, Capitão.

— Isso é um alívio — falou, e imediatamente me puxou para perto. — Você não pode usá-la, Emílio. Você ainda não está pronto. Prometa que não vai usá-la. Prometa!

— Prometo — respondi.

— Prometa de todo o coração — insistiu.

— Prometo! — gritei, em resposta.

— Ótimo. Agora desça e ajude os irmãos Pisi com os canhões.

O *Queen's Anne Revenge* navegava rápido como um raio em nossa direção.

— *Capitaine!* Mata Sete! Eles já estão próximos o suficiente para atacarem com os canhões! — gritou Louis, que seguia no topo do mastro. — Preparar para possível impacto!

— Marujos! Aguentem firme! Protejam-se! — berrou o contramestre.

Mas, ao contrário do previsto, o *Queen's* não lançou nenhuma bomba de canhão.

— Isso é estranho — comentou Alama, postado ao lado do seu canhão. — Já devíamos estar trocando tiros.

De uma das vigias, pude ver o navio do pirata mais temido de todos ficando cada vez mais próximo. Ele atravessava as ondas como se aquela nau não fizesse parte do nosso mundo.

— O navio parece que não encosta no mar — falei.

Do convés principal, Benjamin chamou toda a tripulação para uma reunião na meia-nau.

— Atenção, piratas! Eles podiam ter nos aniquilado com apenas um quarto dos canhões, mas acredito que estão preferindo outro tipo de abordagem.

— Eles vão fazer como fizeram com o meu navio! Matar um por um! — desesperou-se Dafoe.

— Eu é que vou cortar a cabeça deles — retrucou Anne Olho Vivo. — E vou fazer picadinho daquele rato chamado William Kidd!

— *Attention, pirates!* Quinhentos pés! Ele vai emparelhar conosco! — alertou Louis lá de cima e depois escorregou até nós.

— Preparem as armas, meus filhos e filhas! — vociferou o Capitão. — Esse Barba Negra verá que ninguém se mete conosco — disse e, pela primeira vez, rompeu sua corda de segurança. — Ele devia ter lançado as bombas, mas escolheu o embate físico! Azar o dele — concluiu, retirando seu sabre da cintura. — Ninguém vence Benjamin, o Corajoso num duelo de espadas!

Todos nós fizemos o mesmo. Sabre numa mão, pistola em outra.

O navio balançava no ritmo de nossas respirações.

Rapidamente, o *Queen's Anne Revenge* alcançou o Madda, e um silêncio mortal apoderou-se de todos.

O *Queen's* era certamente o maior e o mais terrível navio que eu já havia visto. Seu casco era todo escuro, e suas velas, brancas, tinham caveiras desenhadas por todos os lados. O gurupés tinha a forma de um assustador esqueleto de pirata, segurando uma espada com a mão direita, chapéu e um tapa-olho. Sua boca, aberta, revelava dentes dourados.

Enormes canhões estavam apontados em nossa direção. Eram tantos, que cheguei a perder a conta.

O *Queen's* era tão grande, que jogou uma imensa sombra sobre o Madda, cobrindo-nos de escuridão.

— Não há ninguém a bordo? — questionou Beth Salva Almas.

— É um barco de fantasmas — afirmou Francisco Dafoe.

— Não seja idiota! — falou Anne Olho Vivo. — Meu filho está aí! — concluiu, um pouco perturbada.

— Silêncio! — ordenou o Capitão.

— Estão sentindo esse cheiro? — perguntou Alama.

— Um cheiro de queimado — completou Jimmy.

Agitado, Nan apontou para o navio.

— O cheiro vem de lá — atestou Mata Sete.

— É ele! — gritou Dafoe.

Do alto do *Queen's*, próximo do costado, uma fumaça intensa surgiu como uma névoa, trazendo uma silhueta colossal.

— Que cheiro horrível! — disse a doutora.

— Suor, rum e pólvora — afirmou Pedro Mata Sete.

— Eu disse! Eu disse! — berrou Francisco Dafoe.

— É o Edward... — falou Jimmy.

— ...Teach — completou o irmão.

Atravessando a cortina de fumaça, com um vapor escuro saindo do chapéu, exatamente como Dafoe havia descrito, a figura gigantesca apresentou-se.

— Eu sou o Barba Negra. Esse é o meu *Queen's Anne Revenge*, e essa é a minha tripulação.

De repente, piratas igualmente assustadores surgiram como almas penadas, e, num estalar de dedos, o navio inimigo ficou completamente tomado.

— Meu nome é Benjamin, o Corajoso! Essa também é a minha tripulação. Estamos muito próximos de uma ilha, como podem observar. Acho que podemos...

— Cale-se! — ordenou Barba Negra, com uma voz que fez estremecer o nosso navio. — Só existe um único Capitão aqui, e certamente não é você. Fique em silêncio, e posso poupar a sua vida por mais alguns minutos — seguiu e depois pigarreou. — Antes de afundar esse barquinho, quero mostrar uma coisa. Uma não, duas. Acredito que vocês conheçam esses dois aqui — concluiu o temido Capitão.

Um senhor de barba acinzentada, duas argolas nas orelhas, nariz fino e comprido, olhos caídos e boca desdentada posicionou-se do lado direito do comandante do *Queen's Anne* e acenou para nós, cheio de ironia.

— William Kidd, seu traidor! Onde está o meu filho? — perguntou Anne Olho Vivo, tendo que ser contida por Nan. — Onde ele está?

— É um prazer revê-la também, querida — respondeu o patife. — Por que você mesma não pergunta para ele?

Do lado esquerdo, envolvido pelo vapor negro que saía do chapéu do Barba Negra, surgiu um jovem, alguns anos mais velho do que eu, com uma espada apontada em nossa direção, vestindo uma roupa escura igual ao Capitão do *Queen's Anne.* Tirando uma cicatriz enorme que vinha da testa, passava pelo olho esquerdo e terminava a centímetros do lábio superior da boca, era a cópia exata de sua mãe.

— Filho! — esgoelou-se Anne Olho Vivo. — Gabriel! Sou eu! Sua mãe! Não me reconhece?

— Eu não tenho mãe — respondeu friamente o jovem pirata. — E meu nome não é Gabriel. Me chamo Jack Cicatriz! E vocês, ratinhos do mar, são meus inimigos — concluiu.

— O que vocês fizeram com ele? — perguntou a navegadora, cheia de raiva. — O que você fez com o meu filho, seu imprestável?

— Eu? — respondeu Will. — Eu fiz o era melhor para ele! Ou acha que eu ficaria navegando eternamente nessa lata velha que vocês chamam de navio?

— Gabriel! Por tudo o que é mais sagrado! — gritou Anne, conseguindo se desvencilhar de Nan. — Você não pode ter esquecido! Eu sou a sua mãe! Não é possível que...

— Cale-se, mulher! — berrou o jovem pirata. — Já disse que não me chamo Gabriel! Saiba que serei o primeiro a enfiar a minha espada no seu pescoço. Vocês estão condenados! Ninguém encontra o *Queen's* e sai vivo para contar a história! — concluiu, para delírio da tripulação inimiga.

— É aí que você se engana, idiota! Eis aqui um pirata que escapou de um de seus ataques! — retrucou Pedro Mata Sete, apontando para Francisco Dafoe.

O rosto do marujo de olho bicolor e barba cor de fogo enrubesceu, e seu corpo ficou molenga, igual a um pepino do mar quando é atacado.

A frase do contramestre, que deveria ter sido recebida como uma provocação e causado raiva na tripulação inimiga, teve efeito contrário. Os piratas mal-encarados começaram a rir descontrolados, como se nosso companheiro tivesse contado a piada mais engraçada de todas. O furor só terminou quando Barba Negra ergueu seu braço e, depois, levantou o dedo indicador na direção do céu.

— Eu não deixaria alguém escapar sem um propósito — disse o pirata.

— O que quer dizer com isso? — indagou nosso Capitão.

Sem que ninguém percebesse, Francisco Dafoe sacou um punhal, puxou-me para o seu lado e colocou a lâmina no meu pescoço.

— Emílio! — gritou Beth Salva Almas.

— *Connard!* Traidor! — falou Montparnasse.

— Largue o menino! — disse Benjamin, retirando seu revólver.

Nesse instante, tanto a nossa tripulação quanto a tripulação do *Queen's Anne* se armou de espadas, revólveres, garruchas e mosquetes.

O nervosismo pairava no ar, enquanto a ponta da faca de Dafoe começava a fazer um pequeno furo na minha pele.

— Eu sempre soube que você não prestava! — vociferou Alama.

— Deveríamos ter te jogado no mar — completou Jimmy.

— Nós te salvamos! Te demos comida! — disse Beth Salva Almas.

— Calem-se todos! — berrou Francisco Dafoe. — Vocês não passam de amadores! Isso é o que vocês são! Não sabem que não se pode confiar num pirata? Eu não fui salvo por vocês coisa alguma! Fui salvo pelo piedoso Barba Negra!

— Do que você está falando? — perguntou Benjamin. — Enlouqueceu?

— Nós te achamos naquele navio escondido feito um rato — disse Pedro Mata Sete. — Você não merece...

Antes do contramestre concluir a frase, com uma agilidade que eu nunca tinha visto na vida, o temível Barba Negra deu um salto na direção do Madda, seguido por Will Kidd e seu filho.

Os três piratas estavam no nosso convés, e, não sei se por coincidência, o céu azul de antes foi tomado por nuvens escuras de formas horripilantes.

— Esse pirata realmente não presta uma mísera moeda de ouro — falou William Kidd. — Quanto a isso, vocês têm toda a razão.

Na mediana, andando tranquilamente, o Capitão do *Queen's Anne Revenge* e os outros dois gatunos pararam ao meu lado.

— Eu o achei na prisão daquele navio. O estúpido foi preso por roubar comida da própria tripulação — disse Jack Cicatriz.

— É mentira! — retrucou Dafoe, apertando ainda mais a faca contra o meu pescoço.

— Não importa o que você acha — disse Barba Negra. — O que importa é que, quando estávamos pilhando o navio do Bartolomeu Português, encontramos uma senhora de cabelos brancos chamada Providência, que eles afirmavam poder prever o futuro, alimentando esse verme na cela em que ele se encontrava. A velha disse que esse larápio aqui era uma *"pessoa fundamental para o começo de uma nova sociedade"*! — gargalhou. — Imaginem? Um ser desprezível como esse ser alguém *importante*? Que ironia do destino, não é mesmo? — continuou. — Ela afirmou que esse sujeitinho com um olho de cada cor tinha a missão de entregar as coordenadas para o Capitão de um barco chamado Madda e que esse Capitão seria o único que um dia acharia terra firme!

— Capitão do Madda? — perguntou Alama.

— É o senhor! — afirmou Jimmy, olhando para Benjamin.

— Disse ainda — observou Barba Negra — que esse Capitão seria o líder de uma nova nação. Não é incrível?

— E você acreditou nessa história? — questionou a doutora.

— Em tempos como o nosso, temos que nos agarrar em qualquer coisa — disse o comandante do *Queen's*. — Portanto, diante de tantas súplicas daquela senhora estranha, resolvi abrir uma exceção e preferi não matá-lo. Ele não é um sujeito de sorte? — gargalhou, exalando seu cheiro característico. — O mais incrível é que ele realmente tinha um mapa com uma coordenada no bolso! A velha não estava mentindo.

— E por que você simplesmente não se apoderou do mapa? — perguntou Montparnasse.

— Porque ela disse que qualquer um que pusesse as mãos no mapa, que não fosse esse tal Capitão do Madda, sofreria os maiores infortúnios e, como também sou supersticioso, resolvi dar uma chance. Decapitei a velha, soltei o prisioneiro, mandei o resto da tripulação para os braços do Davy Jones e esperei.

— Esperou? — perguntou o nosso Capitão.

— Deixei esse patife do Dafoe como isca, já que ele precisava entregar o mapa para o Capitão deste navio, e sigo vocês desde então!

— Mas como? — questionou Anne Olho Vivo. — Nós teríamos visto vocês!

— Por que você não conta essa parte, marujo? — interpelou Barba Negra, dando dois tapinhas no ombro de Dafoe.

— É... eu...

— Conte logo para eles, ratazana do mar! — provocou Will Kidd.

O traidor deu dois passos para trás e disse:

— Todos os dias eu acordava de madrugada e jogava algum objeto que flutuasse no mar. Foi o único jeito de conseguir deixar algum rastro para que eles os seguissem sem que vocês percebessem.

— Cretino! — gritou Benjamin, sendo contido pelos irmãos Pisi.

— Ele formou um verdadeiro caminho! — ironizou Barba Negra e depois gargalhou. — O que posso dizer é que ele fez um excelente trabalho e, agora que já vejo terra firme, não preciso do mapa e posso acabar com todos vocês! Principalmente você! — concluiu e colocou a espada no rosto de Benjamin. — Se uma nova sociedade terá um líder, esse líder será eu e mais ninguém!

Vendo aquela cena, tentei me desvencilhar a todo custo, mas Dafoe afundou a ponta do punhal com mais força, e, em segundos, senti meu sangue quente escorrer pelo meu pescoço.

— Não faça nenhuma loucura, garoto — sussurrou em meu ouvido. — Ele acha que o seu Capitão é o "escolhido". Acha que ele é o salvador. Só *eu* sei que é você — complementou.

— Me largue, seu cretino!

— Eu estou cheio dessa vida no mar — continuou ele, sussurrando. — E quem não está? Considere isso como uma troca de favores. Eu te salvo agora e você me salva depois, certo?

— Eu não vou fazer nenhum pacto com você!

— Então diga que é o Capitão do Madda! Tente a sorte! — falou Dafoe. — Já disse que só *eu* sei que *você* é o escolhido! Diga para o Barba Negra que você é o líder que a velha previu, e ele vai cortar a sua garganta e te jogar no mar! Depois, vai fazer o mesmo com o Benjamin! Eu não posso deixar você morrer, menino. Se isso acontecer, todos nós morremos juntos! Eu não vou permitir, entendeu?

Enquanto isso, mesmo com a espada voltada para a sua garganta, nosso Capitão seguiu com uma postura firme e confiante.

— Pode cortar a minha garganta, seu cão! Não tenho medo! Mas quero te fazer uma pergunta. Por que você precisou nos seguir? — indagou Benjamin. — Você já tem um rumo. Já tem o mapa de todos os mapas! O Mapa Uno! Por que seguir um navio insignificante como o nosso?

— Ele não tem Mapa Uno coisa nenhuma! — gritou Francisco Dafoe, com tanta voracidade que senti seu corpo sacudir. — Ele não tem mapa nenhum! É tudo mentira! Não existe Ilha de Tortuga! Não existe nada! Aquela ilha é a única coisa verdadeira! E vocês estão aqui graças a mim! A mim! — concluiu o pirata, ainda tremelicando inteiro.

Aquela revelação, como toda e qualquer manifestação inesperada, deixou a nossa tripulação momentaneamente sem palavras.

Desde que adquiri um pingo de consciência das coisas, eu acreditava na existência do Mapa Uno. Esse mapa sempre foi, nos momentos de desesperança, algo em que se apegar, afinal, ele mostrava o caminho para o único local que não havia sido destruído pelo mar. Ao saber de que nada daquilo era verdade, que a única coisa concreta de nossas vidas não passava de uma mentira, uma onda gélida avançou pelo meu corpo, como se eu estivesse sendo sugado pelo oceano mais profundo. Senti falta de ar, num estado de sufocamento tamanho que, por pouco, não desmaiei.

— Como assim não existe? — questionou Benjamin.

— É o que você escutou, comandante — respondeu Dafoe. — Eles estavam vagando sem rumo, exatamente igual a vocês! Aí me encontraram, e o resto vocês já sabem. Me agradeçam, seus cães! Eu salvei a todos! Aquela ilha é nossa redenção!

— Eu não sei quem inventou essa história de Mapa Uno — disse Barba Negra, ainda envolvido pela fumaça que saía de seu chapéu. — Não existe Mapa Uno. Nunca existiu. Mas agora não importa! Estamos a poucas milhas da ilha — continuou, encostando a ponta da espada no pomo de adão do nosso Capitão. — Eu não preciso de ninguém agora! Mandarei todos vocês para os braços de Davy Jones!

"As coincidências são soluções que a vida encontra para mudar o rumo de uma história".

Quem me disse isso, há bastante tempo, foi o Capitão Benjamin.

Nunca uma frase foi tão precisa para exprimir o que ocorreu a seguir, pois, segundos antes da lâmina da espada do Barba Negra perfurar o pescoço do Capitão Benjamin, um estrondo estremeceu nosso navio e jogou todo mundo para o chão.

Posso te dizer, amigo ou amiga de viagem, que não era a primeira vez que sentíamos uma batida como aquela.

— Ele... — gritou Jimmy.

— ...voltou! — complementou Alama.

— *Mon Dieu*! — berrou Louis.

A algumas milhas de distância, porém perto o suficiente para identificarmos seu jato e seus movimentos frenéticos, vimos quem estava de volta.

— O Leviatã! — gritou Anne Olho Vivo.

A criatura, não admitindo a derrota do último encontro, queria vingar-se. E, dessa vez, não teria piedade.

CAPÍTULO XIV

A BATALHA

A criatura havia retornado, porém seus movimentos estavam diferentes. Seus saltos e deslocamentos na água estavam mais alvoroçados, e seus olhos vermelhos pareciam mais enérgicos do que da primeira vez. O Leviatã fez questão de mostrar para todos nós o alcance de sua mandíbula cheia de dentes afiados e mortais, e tive a nítida impressão de que ele queria deixar claro que, dessa vez, não erraria qualquer ataque.

Logo após a trombada, consegui me soltar do traidor Francisco Dafoe e corri na direção dos meus amigos, que estavam amontoados na popa da embarcação. Já o Capitão Ben, caído próximo ao costado de bombordo, tentou retirar sua espada da cintura, mas foi interpelado pelo filho de Anne Olho Vivo, o marujo Jack Cicatriz. O jovem pupilo do Barba Negra, rápido como um peixe-vela, deu um salto e golpeou nosso líder na altura do joelho esquerdo com a ponta de sua faca.

O ato covarde deixou toda a nossa tripulação indignada.

— Preparem-se para a batalha, seus ratos de fossa! — vociferou Pedro Mata Sete, retirando seu machado. — Vocês vão pagar por isso!

— Não se preocupem comigo — interrompeu o Capitão, apoiando-se na amurada. — Temos um inimigo em comum para nos preocuparmos — completou, levantando-se com dificuldade. — Barba Negra! Eu sugiro matar essa criatura e, depois, faço questão de continuarmos nossa conversa.

Na proa, o líder do *Queen's* soltou uma risada estrondosa e voltou a ficar ao lado do nosso Capitão.

— Olhe para o tamanho do meu navio, camarada. Acha que aquela criatura vai conseguir fazer alguma coisa contra o *Queen's Anne Revenge*? — questionou Barba Negra e, depois, deu um chute na perna do Capitão, exatamente onde seu discípulo havia feito a ferida momentos atrás. — Atenção, piratas! Preparem-se! — gritou para seu navio. — Quero ver aquele monstro em pedaços! Agora!

Os comandados responderam seu líder e, imediatamente, armaram uma fileira interminável de canhões. Um deles foi posicionado na proa, próximo do gurupés, por três piratas bem forçudos. O canhão tinha quatro rodas e era gigantesco, com uma artilharia pesada completamente diferente da nossa, que podia acompanhar os movimentos do Leviatã sem que fosse preciso alterar o *Queen's Anne* de lugar.

— Canhões prontos, Capitão — disse um marujo, no alto do convés inimigo.

— Atirem sem dó! Mandem esse monstro para os braços de Davy Jones! — respondeu o Barba Negra. — Enquanto isso, vou cuidar dessa tripulação aqui. Will! Jack! É hora de cortar algumas gargantas! — concluiu o pirata, enquanto as balas de canhão ganhavam o céu escuro e sacudiam os dois navios.

O som foi seguido de uma fumaça que, pouco a pouco, encobriu o Madda de um nevoeiro espesso, com cheiro de pólvora.

O traidor Francisco Dafoe, como era de se esperar, juntou-se aos adversários, e o quarteto começou a avançar em nossa direção. Outros três piratas mal-encarados também saltaram do *Queen's Anne Revenge,* depois de serem chamados pelo terrível Barba Negra. Os dois primeiros pareciam uma versão sombria dos gêmeos de Samoa. Eram sujeitos grandes, idênticos e corpulentos. O terceiro e último a chegar revelou-se, na verdade, ser uma terceira, pois tratava-se de uma mulher esguia, com braços finos, porém musculosos, com a pele toda coberta de desenhos macabros.

— Atenção, marujos! Vamos mostrar para esses larápios do que nós somos feitos! — gritou Pedro Mata Sete, com tanta força e raiva, que quase todas as veias de sua careca lisa se elevaram, como ondas do mar.

— Aquele cretino do William Kidd é meu e de mais ninguém! Ele é meu, entenderam? Que os deuses do mar me levem daqui se não cortar a cabeça desse rato de fossa — disse Anne Olho Vivo. — Mas tenho um pedido a fazer! Peço que poupem meu filho! Vocês o conheceram pequeno, antes do pobre menino ser tirado de mim. Poupem a vida do Gabriel! Ele ainda é o meu filho e sozinho não nos fará mal — concluiu.

— No meu sinal, piratas! Três, dois, um, atacar! — ordenou nosso contramestre.

Cheios de ânimo, com espadas, facas e sabres nas mãos, aceleramos na direção dos nossos inimigos, enquanto os estampidos dos canhões do *Queen's* sobrepunham nossos gritos de bravura.

Como um tubarão faminto, fui na direção do enganador Francisco Dafoe e tive a companhia do meu fiel companheiro Louis Montparnasse. Pedro Mata Sete foi atrás do Barba Negra e contou com a ajuda do nosso Capitão Benjamin. Anne Olho Vivo disparou contra William Kidd, e Beth Salva Almas atacou a mulher alta cheia de tatuagens. Os irmãos Pisi investiram suas forças nos outros dois piratas, e Nan ficou ao cargo de conter o marujo Jack Cicatriz.

Enquanto os duelos eram definidos, o navio inimigo seguia disparando contra o Leviatã, sinal de que o monstro teimava em resistir.

Mas a situação ficou ainda pior, pois o céu escuro começou a cuspir pingos finos, que depois viraram pingos grossos e, depois, viraram uma tempestade inconveniente.

Quando me aproximei do traidor, Montparnasse já estava desferindo um primeiro golpe com seu cutelo de cozinha, mas Francisco Dafoe era ágil e desviou do ataque.

Confesso que pensei em retirar a faca mágica do bolso, mas havia feito uma promessa para o Capitão, então tentei acertar o inimigo com o meu punhal velho de guerra. Com um movimento veloz, arranquei um chumaço da barba ruiva do meu rival e, por pouco, não talhei o seu queixo, o que o deixou furioso.

Apesar de mais velho, o marujo era experiente e sabia contra-atacar muito bem. Depois do meu golpe, Dafoe defendeu-se de um novo ataque de Montparnasse, e ainda conseguiu me dar um chute no estômago, que me jogou pra longe.

A tempestade seguia castigando o Madda, e já não era possível distinguir quem era quem na batalha. Apoiei a mão esquerda na amurada de estibordo, na tentativa de me postar de pé novamente, pois queria voltar para a luta, mas, com a outra mão, bati em algo estranho caído no chão. Para o meu terror, só me dei conta do que era aquilo, quando vi uma grande poça de sangue misturar-se com a água que seguia caindo do céu. Aquela coisa estranha era, nada mais, nada menos do que o rosto de Nan, o nosso Chefe das Máquinas.

— Nan! Acorda! Nan! Você precisa se levantar — gritei, tentando limpar seu rosto ensopado.

— Poupe sua energia, garoto. Esse aí não vai se levantar.

Era Jack Cicatriz, atrás de mim, com um largo sorriso no rosto e as mãos cheias de sangue.

— Não vai levantar nunca mais — concluiu, sem disfarçar o prazer ao ver sua vítima desfalecida.

— Não é possível! — gritei. — Nan! Acorde! Por favor! Acorde!

— Já disse que ele não vai levantar — falou Jack, dando dois passos em minha direção. — Sua alma está nos braços de Davy Jones, e você, garoto, será o próximo.

O filho da navegadora e timoneira saltou em minha direção, e, exatamente igual à vez em que fiquei cara a cara com o Leviatã, o mundo ao meu redor ficou mais lento. Por conta disso, pude ver com clareza os olhos daquele jovem que estava prestes a me atacar. Eles exprimiam raiva. Uma raiva profunda de tudo. Eram olhos enfeitiçados por um poder sombrio, que lembrava a morte. Não eram olhos humanos. Eram olhos de um morto-vivo.

Para a minha sorte, justamente quando a ponta da lâmina afiada estava muito próxima do meu rosto, Jack Cicatriz deu um grito e, assim que colocou os pés no chão do convés, foi interceptado por Beth Salva Almas e jogado para longe.

— Você está bem, Emílio? — perguntou a doutora, me ajudando a levantar.

— Estou — respondi, aliviado. — Obrigado. Eu...

Foi quando percebi que a doutora estava tampando um ferimento no seu estômago, com uma de suas mãos. A ferida era grande, e sua roupa já estava encoberta de sangue.

— Beth! — gritei, em um profundo estado de desespero.

— Tudo bem, Emílio — respondeu, cambaleando. — Você não viu como está a outra pessoa — sorriu, e depois caiu em meus braços.

Sua pele estava gelada, e seus lábios sem cor.

— Eu não tenho muito tempo.

— Não diga isso, doutora!

— Eu estou feliz, Emílio. Vou encontrar a minha família — disse baixinho, retirando com muita dificuldade a foto de dentro de sua bandana. — Eu vou reencontrá-los...

— Você não pode nos deixar, Beth! Beth!

Mas era tarde.

Beth Salva Almas deu um último suspiro e morreu em meus braços, segurando a foto de sua família.

O que senti naquele momento, caríssima companheira e caríssimo companheiro de bordo, jamais vou esquecer. Foi um misto de tristeza e fúria, que me ergueu como raio e atirou--me, quase que sem pensar, como uma bala de mosquete, na busca por aquele pirata sem coração, chamado Jack Cicatriz.

Andando pelo convés e segurando meu punhal, gritei seu nome com toda a minha cólera e, por muito pouco, não descumpri a promessa que havia feito para o Capitão.

— Jack! Jack, seu rato! Apareça! Apareça!

Durante a minha busca, mesmo com a chuva que não parava de jeito nenhum, vi que meu amigo Montparnasse estava em apuros. Sem pestanejar, desisti momentaneamente de encontrar o filho de Anne Olho Vivo e fui ajudar meu companheiro. Eu estava com tanto ódio, que dei um forte impulso com os pés e, com as minhas duas mãos, atropelei Francisco Dafoe, antes do larápio cravar uma faca no peito de meu amigo cozinheiro. Agarrados um ao outro, rolamos até batermos no mastro do traquete e, para a minha sorte, acabei ficando em cima dele. O velhaco estava atordoado, fraco e desarmado. Com uma das mãos, segurei seus dois braços e dei dois socos em seu rosto. Depois mais dois. E mais dois. Eu não pararia de golpeá-lo, não fosse a chegada de Louis, que me puxou e me levou pra longe dali.

— *Mon Dieu*, Emílio! Não faça isso! Ele já está desacordado!

— Não! Me solte, Louis! Me solte! Você não entende? A culpa é toda dele! — gritei, ainda tentando me livrar do cozinheiro. — O Nan e a Beth estão mortos por causa desse cretino! Me solte!

— Eu não posso, *garçon*! — falou, segurando-me com mais força. — Eu não vou deixar você fazer isso. Tirar a vida de uma pessoa nos marca para sempre! E você não é igual a nós, *mon amie*. Você é diferente, Emílio! — concluiu e me deu um abraço forte. — Deixe esse peso conosco, *garçon*.

Enquanto isso, o Leviatã seguia dando trabalho para os tripulantes do *Queen's Anne Revenge*. Nenhum canhão tinha conseguido acertá-lo, e ele, por sua vez, já tinha feito dois grandes rombos no casco do imenso navio.

— Vamos! Nossos amigos precisam de ajuda — afirmou o francês.

De repente, escutamos as vozes graves de Alama e Jimmy, e os gêmeos de Samoa juntaram-se a nós.

— Nós mandamos aqueles dois trastes para os braços de Davy Jones — falou Jimmy.

— Onde estão os outros? — indagou Alama, limpando um pouco de sangue do rosto.

— O Nan e a Beth estão mortos — respondeu Louis.

— Mortos? — perguntou Jimmy, cerrando os dentes. — Quem foi que fez isso? Só me digam, quem?

— Jack — respondi.

— Maldito! — vociferou Alama.

O Madda seguia balançando bastante, e os sons dos disparos do navio inimigo não paravam um instante sequer.

— Estão sentindo o cheiro? — perguntou Alama.

— Ele está perto de nós — completou Jimmy.

Na proa, atravessando a neblina provocada pelos canhões, o terrível Barba Negra apareceu, segurando o nosso Capitão com uma das mãos, como se ele fosse feito de pluma. Ele era tão grande, que seus dedos quase cobriam o pescoço do nosso líder. Ao seu lado, William Kidd e Jack Cicatriz apontavam um revólver para a cabeça de Anne Olho Vivo.

— Onde está nosso contramestre? — perguntei.

— Nesse momento, nas profundezas do oceano — respondeu Barba Negra. — Mas vocês não estão em condições de fazer perguntas.

— Não escutem ele, camaradas — disse o Capitão Ben. — Peguem o bote! Não se preocupem conosco! A ilha está perto! Fujam!

— Cale-se! — berrou Barba Negra e, depois, deu um golpe na cabeça do nosso Capitão com o pomo de sua espada. — Eu tenho uma proposta para fazer.

— Não queremos nada com você — retrucou Jimmy.

— Será mesmo? Eu sou a única chance de saírem vivos daqui — afirmou Barba Negra. — Vocês se rendem e passam a trabalhar para mim.

— Nunca! — respondeu Louis. — *Jamais!*

— Eles são fracos, Capitão — disse Jack Cicatriz. — Não precisamos deles!

— Exatamente, filho. Vamos acabar com esses trastes! Davy Jones está aguardando ansioso! — completou William Kidd e, depois, acionou o gatilho de seu revólver.

Nesse instante, bem devagar, para não chamar atenção de ninguém, coloquei as mãos no bolso da calça. A faca mágica ainda estava lá. Com o dedão, empurrei a proteção de metal e segurei firmemente o seu cabo. Eu tinha que conseguir ativá-la novamente, como no dia em que a encontrei pela primeira vez na cabine do Capitão.

Mas como ter certeza?

— Bom, vocês não me dão alternativa — afirmou Barba Negra. — Digam adeus aos seus amigos!

Era hora de quebrar a promessa.

— Me perdoe, Capitão — eu disse, sem voz.

Com a faca mágica praticamente fora do bolso, fui interrompido por um grito de um pirata desesperado, do alto do *Queen's Anne Revenge.*

— Por todos os deuses do mar! Vamos afundar!

O anúncio tinha tons de descrença, como se aquela frase não fizesse sentido. Como se ela não pudesse ser dita, como se não se encaixasse. Como se aquilo jamais pudesse acontecer um dia.

Mas estava acontecendo.

O Leviatã não só havia engolido vários tripulantes do imenso navio, como havia feito grandes rombos em todo o seu casco. Tanto nas obras mortas, parte da embarcação que fica acima do plano de flutuação, como nas obras vivas, parte que fica submersa, a criatura havia feito um verdadeiro estrago.

O antigamente indestrutível navio estava afundando. E afundando rápido. Alguns tripulantes resolveram se jogar no mar, para logo depois serem devorados sem dó nem piedade pelo Leviatã, como se fossem pequenos peixinhos indefesos, enquanto outros tentaram salvar a pele jogando no oceano os botes de emergência. Os poucos piratas que ficaram no convés, provavelmente não convencidos de que o *Queen's* pudesse afundar, continuaram lançando bombas na direção do monstro.

Ao mesmo tempo em que aquele colosso de navio ia, aos poucos, sendo tragado pelo oceano, Anne Olho Vivo aproveitou a distração de seus dois algozes, que olhavam para o *Queen's Anne* sem acreditar no que estavam testemunhando, conseguiu agarrar-se numa corda providencial e fugiu na direção do tombadilho. Já Benjamin, ferido, afastou-se cambaleante do Capitão inimigo, mas não o suficiente para escapar de um confronto.

Os dois duelaram por toda a dimensão do navio, demonstrando muitíssimas habilidades com a espada. Ataques, defesas, golpes e contragolpes surgiam, como se ambos tivessem nascido para aquela batalha. Estavam tão absorvidos, que era como se houvesse uma redoma protegendo-os. Qualquer interferência resultaria num desastre.

Mesmo severamente machucado, o Capitão Benjamin fez jus ao codinome "Corajoso" e resistiu o quanto pôde. Chegou a atingir o braço esquerdo do oponente, mas a diferença de força e, principalmente, estatura, fizeram a balança pender desfavoravelmente.

O mar, agitado por conta do naufrágio do *Queen's* e dos pulos irritadiços e orgulhosos do Leviatã, jogava nosso navio para cima e para baixo.

No ímpeto de ajudar meu Capitão, retirei a faca do bolso e corri aos tropeços na direção da batalha, desviando de objetos que voavam em todas as direções, mas fui interceptado por Francisco Dafoe. Seu nariz estava torto e sangrando. Seu rosto estava inchado.

— Moleque! Você vem comigo — disse, cuspiu um dente e depois apontou para o nosso bote com um facão nas mãos.

— Saia da frente! — respondi, com olhos de fúria.

— Eu já disse que não vou deixar você se meter em confusão! Você não pode morrer! A vidente disse! Nós fizemos um pacto!

— Pacto? Eu nunca faria um pacto com um traidor! Saia da frente!

— Seu Capitão não tem chances, menino! Salve-se e salve a todos nós — disse, avançando em minha direção.

Um pouco à frente, para o meu desespero, observei o terrível Barba Negra desferir um golpe, que atingiu as costas do Capitão Benjamin. Desarmado, o nosso líder apoiou-se na amurada, tentou erguer-se, mas não conseguiu. Caiu de joelhos no chão do convés.

Enquanto isso, na proa, os irmãos Pisi duelavam com Jack Cicatriz, e, no tombadilho, Anne Olho Vivo lutava, ao lado de Louis Montparnasse, contra William Kidd.

— Eu já alertei, traidor! Saia da frente! Agora! — gritei, segurando o cabo da faca mágica com mais firmeza, na esperança de surgir a energia azulada.

Que teimava em não aparecer.

— Vai ter que passar por cima do meu cadáver, menino — retrucou Dafoe.

Enquanto isso, o Barba Negra aproximou-se do Capitão com um sorriso no rosto. Nem o balançar intenso do navio conseguiu desequilibrá-lo. O larápio levantou o nosso líder com uma das mãos e, com a outra...

Agora, amiga ou amigo, meus dedos começam a tremer à medida em que começo a relatar o que aconteceu a seguir.

...e, com a outra, cravou a sua espada no peito de Benjamin e jogou-o no mar.

Meu grito foi tão alto, que todos os piratas do Madda pararam seus respectivos duelos para observar o que havia acontecido.

Foi então que corri na direção da amurada de bombordo e empurrei Francisco Dafoe, com toda a minha força. O patife caiu estatelado no chão.

— Capitão! — berrei, já me apoiando na amurada. — Capitão!

Seu corpo afundou e emergiu duas vezes. O nosso líder lutava para manter-se vivo. Era um homem de uma resistência gigantesca!

A algumas milhas de distância, uma porção de água iniciou um movimento em sua direção.

Um imenso círculo de sangue cresceu a seu redor, manchando o mar de vermelho escuro.

— O Leviatã — gritei, já de pé na amurada. — Eu vou salvá-lo, Capitão Ben!

Mas, antes de saltar, fui puxado para o lado oposto e caí de costas no convés.

— Deixe-o! Ele já está morto! — falou Dafoe, levantando-se com dificuldade, depois de ter feito um grande esforço para me trazer de volta. — Eu não cheguei até aqui para morrer nesse navio!

Na queda, acabei batendo a cabeça com certa violência e, apesar do ferimento que começava a latejar, consegui levantar-me e fui olhar novamente o Capitão.

A porção de água estava cada vez mais próxima. Gritei seu nome mais uma vez. Ele olhou para mim e, sem dizer nada, abriu um sorriso, mostrando aquele vão entre os dentes tão característico e, em seguida, fez um aceno. Estava se despedindo. A redoma de sangue já se espalhava em seu entorno. O Capitão fechou os olhos, ergueu a cabeça para o céu e cantou.

— "Quinze homens no peito de um defunto... Io-Ho--Ho... e uma garrafa de rum!"

— Capitão Ben! — berrei, desesperado.

O Leviatã emergiu com seus inúmeros olhos vingativos, abriu sua boca gigante, deu um salto e engoliu nosso tão amado líder. O monstro afundou, certo de seu êxito, e levou o troféu para as profundezas.

— Eu disse que seria o único Capitão desse mundo, menino! — gritou Barba Negra e depois gargalhou. — Vamos acabar logo com isso, marujos! — concluiu, ajeitou seu chapéu e começou a avançar em minha direção, com a certeza de quem é superior e mais forte.

Já o traidor Francisco Dafoe, insistente, levantou-se outra vez.

Eu estava tomado de ira.

Com a vista turva, percebi que meu corpo trepidava, como num maremoto. Eu borbulhava por dentro.

Era o ódio aquecendo meu corpo.

— Você — eu disse para o traidor, quase sem voz. — Você!

Mas eu estava sem a faca mágica. Não havia me dado conta de que ela havia caído da minha mão e, agora, estava postada entre mim e Dafoe. O patife olhou nos meus olhos, limpou o sangue da boca e começou a correr. Eu fiz o mesmo. O pirata fez menção de que iria chutá-la para longe, mas eu fui mais rápido. Deslizei no chão molhado, peguei a faca e, num impulso cheio de fúria, fiz minha primeira vítima.

— Isso é pelo Capitão — falei em voz baixa no seu ouvido e, depois, retirei a faca do seu coração.

O velhaco caiu nos meus pés.

Já estava nos braços de Davy Jones.

— Você é o próximo, Barba Negra! — berrei.

Foi aí, caríssima amiga ou caríssimo amigo, que, de repente, a energia azul que havia aparecido na cabine do Capitão, e que estava tão sumida até aquele momento, finalmente manifestou-se. Sua força foi tão grande, que não consegui sequer controlar o meu braço. A faca mágica, viva, mirou a sua ponta cheia de brilho anil na direção do Barba Negra, que parou imediatamente seu andar seguro. A carga azulada era tão acentuada que meus dedos, grudados no cabo, começaram a sangrar.

Pensei no Capitão Ben e imaginei seu corpo despedaçado nas entranhas daquela criatura horrenda. Pensei na Beth, no Nan e no Pedro Mata Sete. Amigos que tinham morrido. Pensei no Barba Negra, o patife que tirou de todos nós a alegria de pisar em terra firme.

Aquelas imagens foram um combustível para a energia azul, que já estava envolvendo não só meu braço e ombro, como meu corpo todo.

Subitamente, consegui fazer um único movimento, e uma imensa força saiu da faca mágica, como se cinquenta relâmpagos tivessem se juntado.

Só tive tempo de ver a rajada passar muito próximo do Barba Negra, que nada pôde fazer, a não ser jogar-se no mar. Depois, de forma descontrolada, a faca conduziu meu braço para várias direções, e parte do nosso navio foi destruído pela energia. Escutei gritos e barulhos estranhos.

Depois disso, tudo ficou escuro e em silêncio.

CAPÍTULO XV

O FIM...

Eu tive um sonho.

Não o sonho das tempestades.

O outro.

O raro.

O sonho em que piso na areia fofa.

Você se lembra?

O sonho em que corro alucinado, por causa da sensação de terra firme. Aquele em que escuto a voz de um homem e de uma mulher me chamando.

Meus pais!

São eles. Sempre eles.

Ao menos acho que são.

Lembrou?

Estava naquele sonho de novo. Na mesma praia de areia branca, com o vento batendo no rosto. Palmeiras balançando e cocos caídos.

No sonho, eu começo a correr, e meus pés afundam a cada passo que dou. Eles não afundam no mar, afundam na areia.

Ainda bem!

Aí, escuto a voz de uma mulher. Ela me chama.

— Emílio! Emílio!

Olho para todos os lados e não vejo ninguém.

Depois, escuto a voz de um homem.

— Emílio! Emílio!

As duas vozes se misturam e ficam quase incompreensíveis.

Escuto o barulho das ondas. Elas vêm e vão. Vêm e vão. Eu paro.

De repente, sinto um peso nos ombros.

Alguém me toca e eu acordo.

... O MEIO...

Abri lentamente os olhos.

O céu estava claro, de um azul lindíssimo.

Eu estava todo dolorido, como se eu tivesse apanhado.

Aos poucos, comecei a escutar o barulho das ondas do mar e, de mansinho, elas entraram na mesma sintonia dos batimentos do meu coração.

Eu não estava sonhando. Estava acordado. Vivo. Seco. Sem nenhum balançar. Eu não estava no mar, e muito menos dentro de um navio.

Minha cabeça latejava.

Fiz um esforço para me levantar e coloquei as mãos na areia.

Areia?

Que sensação estranha!

Apoio a outra mão.

Mesma sensação esquisita.

Me levantei, mas ainda estava tonto.

— Estou numa ilha — disse, baixinho.

Sim!

Uma ilha!

A ilha, Sandokan! A ilha!

— Onde estão os meus amigos? O que aconteceu com eles?

Olhei para trás e vi uma imensa rocha, que dividia a praia.

Congelei quando vi as ondas trazendo destroços. Pedaços grandes e pequenos de madeira. Baús. Potes. Panos. Velas. Tudo.

Dei um passo, um pouco impreciso, e pisei em algo. Era um livro. Retirei-o da areia. Ele estava ensopado, mas inteiro. Encontrei mais um. E mais outro. E mais outro.

Desenterrei uma dezena, como se fossem tesouros.

Mas onde estão meus amigos?

Olhei mais uma vez para os destroços.

De que navio seria?

De repente, tudo começou a rodar.

Estou fraco, pensei.

Dei alguns passos em falso e caí de cara na areia fina.

... E O COMEÇO.

Dessa vez, não sonhei com meus pais.

Foi um sonho diferente.

Sonhei que estava no topo de um morro. Lá embaixo, pessoas me saudavam. Elas gritavam, sorriam, levantavam cestas com frutas, oferecendo-as para mim. Todos estavam felizes. Eu também estava. Lembro-me de que levantei o braço, e a gritaria virou um alvoroço.

Parada ao meu lado, uma jovem mulher sorria.

Linda! Luminosa! Serena!

Estávamos de mãos dadas. Dedos entrelaçados.

Eu não quero acordar! Quero ficar! Não quero voltar! Me deixe aqui!

Bum!

Abri os olhos. Já é a segunda vez.

O céu seguia azul e limpo.

Com certo esforço, finalmente consegui ficar sentado.

De longe, escutei algumas vozes se aproximando.

Tentei falar, mas a voz não saía direito. Pigarreio.

— Anne? Louis? Alama? São vocês? — disse, sem força.

O sol, bem na minha frente, não me deixava ver direito.

Eles estão chegando!

De repente, sou encoberto por uma grande silhueta de sombra.

— O que aconteceu? — perguntei, ainda desorientado.

Um brilho dourado destacou-se.

Um dente.

— Olha só quem encontramos aqui — disse uma voz grave.

Os outros riram.

Tentei falar, mas não consegui.

A sombra foi tomando forma e, junto disso, senti meu coração disparar.

Reconheci.

Ele!

— Você — falei.

O Barba Negra.

— Que confusão você causou, garoto — disse, ajeitando o cinto.

A faca! A faca mágica! Eu me lembro disso! Por que a faca está com ele?

— Onde estão os meus amigos? — perguntei.

Os dois marujos voltaram a rir.

Jack Cicatriz e William Kidd.

— Onde nós estamos?

Mas eu já sabia a resposta.

Numa ilha.

Em terra firme.

Tentei me erguer, mas não consegui.

Os três gargalharam.

— Eu vou achar os meus companheiros — disse, ainda tentando me levantar.

Eles continuaram rindo.

— Não tenha tanta pressa, menino — disse Barba Negra. — Tudo no seu tempo.

Levante, Emílio! Levante!

— Preciso levantar — eu disse.

Com o pé esquerdo fincado na areia fofa, dei um impulso e postei-me de pé.

O soco veio na sequência.

Zupt!

Caí estatelado na areia.

O céu começou a girar.

Os três aproximaram-se de mim e, antes de perder os sentidos, consegui escutar uma última coisa.

— Levem o garoto lá para dentro, camaradas. É hora de explorar essa maldita ilha!

Mais risadas e, depois, tudo voltou a ficar escuro.

Mas, num último fio de consciência, me lembrei de tudo. Absolutamente tudo.

Eu era o culpado. Era um prisioneiro. Estava sozinho na tão sonhada ilha e havia matado todos os meus companheiros.

Fim da primeira parte do relato.

Gabriel Manetti

nasceu em 1983, em São Paulo, onde vive até hoje. Formou-se em Comunicação Social e Artes Cênicas e é pós-graduado em dramaturgia.

É escritor, ator, produtor, dublador e cocriador do projeto infantil Beatles para Crianças.

Como autor, escreveu os livros *Chico e o osso de dinossauro*, *Socorro! Meu irmão virou um monstro*, a HQ *Zeca e o Mistério dos Irmãos Lumière* e *As Aventuras de Ana e Kike — O curioso caso do herói esquecido*.